意林

公元787年，唐封疆大吏马总集诸子精华，编著成《意林》一书6卷，流传至今

意林：始于公元787年，距今1200余年

U0837557

小小姐 Mini Miss 女生文学

小小姐 Mini Miss 出品

纯正+阳光+向上

中国女生文学第一品牌

我们是小淑女

优雅，聪慧，阳光，快乐，甜蜜，
勤奋，包容，恬静，浪漫，唯美，璀璨。
善解人意，才华横溢，从容淡定，
独立有主见，时常感恩，心怀美好。
爱学习，爱阅读，爱幻想，睿智有深度，独具品位。

意林励志 · Mini Miss 小小姐 荣誉出品

小 MM 品牌书系 · 淑女文学馆 · 公主天下系列 002

荡气回肠的古风浪漫小说，独属于公主们的传奇故事

淑女文学馆

公主天下系列 002

Mini Miss 小小姐 出品

淑女文学馆
公主天下系列002
小小姐 Mini Miss出品

金城公主·簪花引 壹

宁羽心◎著

吉林摄影出版社
·长春·

MiniMiss 出品

图书在版编目（CIP）数据

金城公主：簪花引（壹）/ 宁羽心著. -- 长春：吉林摄影出版社，2017.3
（淑女文学馆. 公主天下系列；002）
ISBN 978-7-5498-2997-2
Ⅰ.①金… Ⅱ.①宁… Ⅲ.①长篇小说－中国－当代 Ⅳ.①I247.5
中国版本图书馆CIP数据核字(2017)第037769号

金城公主·簪花引（壹）
Jincheng Gongzhu · Zanhuayin (Yi)

著　　者　宁羽心
出 版 人　孙洪军
总 策 划　阿　朱
责任编辑　施　岚　胡晓路
特约编辑　杨　宁
图书统筹　莫小西
绘　　图　满　月　团　子
书籍装帧　胡静梅
美术编辑　刘　静
作家经纪部　卢晓凤
开　　本　700mm × 1000mm　1/16
字　　数　210千字
印　　张　13
版　　次　2017年3月第1版
印　　次　2017年3月第1次印刷

出　　版　吉林摄影出版社
发　　行　吉林摄影出版社
地　　址　长春市泰来街1825号
　　　　　　邮编：130062
电　　话　总编办：0431-86012616
　　　　　　发行科：0431-86012602
网　　址　www.jlsycbs.net
经　　销　全国各地新华书店
印　　刷　北京嘉业印刷厂

书　　号　ISBN 978-7-5498-2997-2　　**定价**：22.80元

打造中国女生文学第一品牌

文◎《意林·小小姐》书系总策划　阿 朱

2010年1月，意林集团专门为女孩量身定做的读物《意林·小小姐》诞生了。创办之初，《意林·小小姐》旗帜鲜明地打出口号——“中国第一本小淑女文学生活志”，“淑女”取意为“内心美好、品质优秀的女孩”，明确为中国8岁~18岁的优质女孩服务，以“帮助女孩在快乐阅读中提高文学修养和综合素质”为宗旨，坚持“纯正、阳光、向上”的风格导向，内容着眼于“青春、梦想、成长、励志”，以期打造全新的、真正适合女孩阅读的健康课外读物。

凭借这样的精准定位和独特理念，《意林·小小姐》上市后，很快赢得女孩们的喜爱，在校园中引起巨大反响，女孩们表示：“终于有女生的专门读物了！超级好看！”家长和老师也纷纷给出“孩子看后成长了很多”“孩子的作文水平明显提高了”之类的积极反馈。2011年6月，在读者的强烈要求下，《意林·小小姐》在坚持宗旨、质量不变的前提下，出版频率加快，由原来的每月一期增加为每月两期；同年10月，《意林·小小姐》月发行量突破50万册，潜在读者超过80万人，其作为优质女孩首选课外读物的地位逐渐形成，而迅猛增长的销售业绩也引来业界极大关注，开始得到一些同行的跟风模仿，市面上类似风格的女孩读物相继出现（当然，最后能经得住市场检验的很少）。

2010年7月，《意林·小小姐》开始涉足图书出版领域，编辑部陆续推出《蔷薇少女馆（Ⅰ~Ⅵ）》《迷藏（Ⅰ~Ⅲ）》《悠莉宠物店（Ⅰ~Ⅶ）》《七寻记（Ⅰ~Ⅳ）》“少女果味杂志书”《钢琴小淑女（第一季~第五季）》等数十种图书，这些书在全国中小学校园中广为流传，传阅率超过50万人/册，加印率达到100%，无数小读者为之痴迷、陶醉，“《意林·小小姐》出品的图书本本畅销”这一观点也成为众多书店、经销商的共识。“《意林·小小姐》现象”逐渐成为一种社会现象，为各方所津津乐道。

2012年，创办满两周年的《意林·小小姐》步入加速发展轨道，编辑部创造性地提出“女生文学”概念，并将之上升到与儿童文学、青春文学并列的重要文学形态，《意林·小小姐》专注于为成长中的女孩服务的想法也更加清晰，编辑部计划在未来几年内，以每年出版几十种新书的速度，采用短篇文集、长篇小说、原创漫画、故事绘本等多种类型齐头并进的形式，为女孩们提供一批有规模、有质量、有品位的精品读物，打造中国女生文学第一品牌。

在2012年7月之后出版（或修订）的《意林·小小姐》“淑女文学馆”系列新书中，我们都会特别放置这篇名为《打造中国女生文学第一品牌》的文章，来阐述我们对于建设中国女生文学以及推动女生健康阅读的崭新理念与思考。

★女生一定要选择适合自己的女生文学读物

首先，什么是女生文学？

《意林·小小姐》所定义的女生文学是指专门为女孩（特指8岁~18岁女孩）创作并适合女孩阅读的、符合女孩心理特点和审美要求、有利于女孩身心健康发展的各种文学作品。简单来说就是所有适合女孩阅读的健康课外读物。

目前，国内未成年人的文学阅读笼统地分为儿童文学、青春文学等大类，市场上很难找到专门针对女孩创作的有规模、系统化的读物。事实上，女孩和男孩的大脑结构不同，思维方式、理解能力、审美要求不同，在阅读上也要区分性别，选择不同的读物。

《意林·小小姐》系列读物立足于女孩性别特点，专门为女孩量身打造，是专属于女孩们自己的读物，合乎年纪，合乎趣味，外观时尚、唯美、优雅，内容纯正、阳光、向上，是真正适合女孩阅读的健康课外读物，带给女孩全新的阅读体验。

★女生通过阅读女生文学读物提升写作能力，获取成长养分

8岁~18岁正是快速吸收养分、奠定阅读基础的黄金年龄，对于女孩一生的成长至关重要。《意林·小小姐》提倡女生文学要打破市场常规，“从低幼儿童文学及少女言情中解放出来”，以深浅适度、风格纯正、健康向上、可读性与文学性兼具的内容，帮助女孩在快乐阅读中提高阅读理解能力、作文写作能力，汲取成长经验、成长智慧，全面提升素质。

在故事类型上，《意林·小小姐》系列读物既有贴近女孩生活和心灵的校园故事、成长故事、亲情友情故事等，又有极富想象力的冒险故事、幻想故事等，每篇文章的选取都将标准锁定为“题材新颖、内容阳光、主题积极向上、文风优雅纯正”，并坚持拒绝浅薄幼稚、庸俗无聊、花哨言情等无内涵的文章。女孩们在健康文学的长期熏陶下，语感增强了，素材丰富了，思维开阔了，自然能做到心中有故事、下笔有话说，不再为作文犯愁；同时，这些文章里蕴含的温暖励志内核，诸如阳光、善良、真诚、包容、坚强、勇敢、善解人意、独立有主见等精神，都能激发女孩正面心态的能量，帮助她们成长为内心强大的女孩，为将来的人生打底。

★女生文学读物要品质化、品牌化、系统化

《意林·小小姐》创办的时间不长，但读者的忠诚度、信赖度和美誉度在国内首屈一指，已经形成明显的品牌优势，它集“好看”“清新”“唯美”“阳光”“优雅”“品位”等各种美好感觉于一身，始终以女孩的阅读感受为根本，全心全意为女孩服务，专心致志打造一流读物、精品读物。

读者的认可和喜爱，得益于《意林·小小姐》对文稿质量近乎苛刻的严格把关。为《意林·小小姐》供稿的作者，既有实力派中青年儿童文学作家，又有青春新锐派文学作者，编辑部每月收到近千封来稿，经过反复筛选、修改，优中选优，最终确定30篇左右刊出；对于长篇图书出版，编辑部始终坚持“用心、专业、永续经营”的理念，不追求过度商业化、批量化生产，每一本书稿都精雕细琢、反复打磨，已出版的每一本图书几乎都成为业内畅销书经典，而《意林·小小姐》所倡导的女生文学概念及标准也成为业内标杆，引来众多同行追随。

除此之外，编辑部与一大批有潜力的青年作者建立了长期的独家合作关系，这些作者通过《意林·小小姐》、网络、电话、读者见面会等各种渠道，常年坚持在第一线与读者互动，倾听读者心声，保持创作活力源源不断。目前《意林·小小姐》独家签约作者的队伍仍在不断壮大，我们希望用几年甚至十几年的时间，形成有较大社会影响力的专业化女生文学创作基地。

为避免女孩因为阅读口味单一而造成阅读面、知识面过于狭窄，《意林·小小姐》除了做好文学类图书外，也努力开发适合女孩阅读的其他类别读物，比如励志、科普、时尚、生活类选题，同时力求经营品种以及传播途径上的多样化，依托原创精品内容，开发数字化传播、动漫、影视、动画、游戏、周边产品、女生网络社区等，做好精品故事的深度经营，构筑全产业链发展模式。在销售渠道上，除传统的零售、邮局、校网等，我们逐渐在各地设立女生文学专柜和品牌专卖店，力争让读者随手可取，购买方便。

★为女孩营造愉快的阅读体验

《意林·小小姐》系列读物无论在内容还是包装上都具有较高的辨识度，为了方便读者寻找，我们对2012年7月之后出版（或修订）的新书做了统一规划：

○认准独家标志

《意林·小小姐》出品的所有图书，在腰封和封底上都有“意林”“Mini Miss出品·女生文学”的独家标志（图1）；在书脊上，除了“意林”以及“Mini Miss”字体Logo外，每本书还特别放置了“封面女孩”形象（图2），便于读者辨认和收藏；在前、后勒口上，每本书都有“纯正、阳光、向上，中国女生文学第一品牌”的字样（图3）。

图1

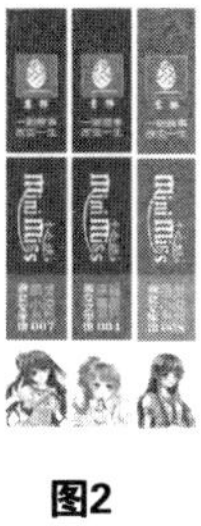

图2

图3

○识别编号

《意林·小小姐》出品的所有图书都将逐渐归于“淑女文学馆”“淑女漫绘馆”“淑女励志馆”“淑女风尚馆”“淑女生活馆”等特色馆（新馆不断添加中），每本书都有属于自己的编号，比如：

代表这本书所属类别是淑女文学类，编号为冒险励志系列004，即此系列的第四本书，在这本书之前，自然已经出版了001、002、003，后面也会有005、006、007……陆续上市；图书封底的总编号则代表了这本书在《意林·小小姐》所有出品图书中的总排序。

○女孩特色包装

每本图书都会配备一张淡雅的紫色或粉色前衬页，上面印有“意林”及“Mini Miss”字体Logo；在小说类单色印刷的图书中，会加有4页铜版纸彩色插图页，第一页的“淑女宣言”（图4）代表了《意林·小小姐》所提倡的优质女孩精神，第四页则标明了本书所属的系列及编号（图5）。

图4

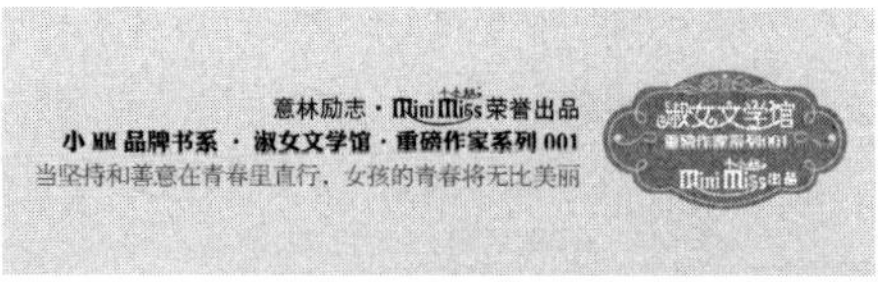

图5

我们目前所使用的字体、字号以及行距，是在经过大量调查研究和多次测试后确定的，适合成长中的女孩阅读，每一页的内容既充实，又不至于给读者造成阅读疲劳。

所有的一切都是为了给成长中的女孩提供价值导向健康、养分丰富、品质优良的课外读物，营造愉快的阅读体验，我们希望以传媒人“有爱有担当”的社会责任感和“一生只做一件事”的专注精神，不遗余力地建设女生文学，推动女生阅读向前发展，全力打造中国女生文学第一品牌！

目录 contents

楔子 001

第一章 月下初相逢 003

第二章 宫墙深深风波起 019

第三章 世有公子类谪仙 037

第四章 富贵如昙易消散 055

第五章 最无情是帝王家 073

第六章 明枪暗箭几时休 091

第七章 一片冰心在玉壶 109

第八章 香魂渺渺无处寻 127

第九章 人心莫测夜如歌 147

第十章 登高望远话风云 165

番外 玲珑骰子安红豆 185

楔 子

"轻羽，若有人欺你、辱你，你当如何？"

"以牙还牙。"

"答错，罚站。"

这是多年前的对话，如今重新在脑海中响起，给人一种时光倒流的错觉。

少年陡然睁开眼眸，发现自己置身于一片山林，才恍觉刚才的一切只是梦境。他动了动身体，一阵剧痛席卷而来。估计左臂上的伤见了骨，不然以他的功力，断然不会这样轻易晕过去。

他咬牙撑起身子，踉跄着向树林外走去。不知走了多久，他终于望见一座烛光明亮的宅子。

那是他的家。

少年顿时产生一股劫后余生的轻松感，然而走了两步，这种感觉就消散不见——那不是烛光，而是火光。他的家，失了火。

"干爹！"少年疯了一般地向宅子的方向奔去。焦煳味弥散在空气中，宅子已经烧成了断壁残垣，几束火苗还在黑色的断梁上肆虐。

昔日江湖上鼎鼎有名的镖局，如今落得这样一个下场。少年疯了一般地冲进废墟，大喊："爹！大哥！二哥！"

"伢子……"废墟里突然飘出一个声音。

少年眼睛一亮，循着声音奔过去，扒开瓦片土砾，将埋在下面的一个中年男子扶起来："爹，你怎么样？"

男子满脸血污，艰难地咧开嘴："没想到你还活着……这趟镖，从头到尾都是一场骗局……你走后，就有杀手上门，你大哥、二哥都……"

尽管他没有说出后半句话，少年仍然能够猜到那些惨烈的内容。他的眼泪流下："爹，我定要为你们报了这血海深仇！"

"不可报仇！"男子眸中闪过一道锐利的光，"那杀手背后的指使者，恐怕贵不可言……"

少年怔住。

除了王公贵族，谁还能当得起“贵不可言”这四个字？

“事已至此，有些话……不能不说了。”男子颤巍巍地望向少年，“你一直都知道，你是我捡来的孩子吧？”

少年泪如泉涌，摇头道：“不，我永远都是干爹你的孩子！”

“可……可你的身世，我必须要告诉你了。你是十几年前，一个宫女送出来的。”男子颤巍巍地指向废墟，示意少年从废墟里扒出一个包裹，“我好不容易从火场里拿出来的……就是要向你说明一切。这……这就是当年你的襁褓……”

少年颤抖着手打开包裹，从里面翻出一条小锦被。锦被的衬里绣着半张回纥乐乐谱，字迹工整秀挺，似乎是出自女子之手。

这襁褓虽然被藏了十几年，但依旧散发着一股淡淡的清香。

“干爹，这是劫镖的山贼落下的一块腰牌。”少年记起了什么，从怀中掏出一块腰牌。牌面雕工讲究，刻的是猛虎出林，白额吊睛的大虎栩栩如生，利爪嵌入石内。

男子看了看，点头：“可能……是宫里的。”

“我的父母有没有可能也是朝中官员？”少年急问。

“拿着……襁褓……应该能找到……你的父母。”男子的眼神开始涣散，说话也渐渐失去力气。

少年急了，连唤了几声爹，可男子再也没有回应，血痕累累的手臂终究还是无力地垂下。

“爹！”少年仰天狂呼，泪水不住地流下。一天之内，他失去了自己所有的亲人，又惊闻扑朔迷离的身世，接二连三的打击让他心神俱疲。

他仰天怒问，天不语；他捶地怒喝，地不答。

大雨倾盆，少年放下干爹的遗体，于雨中傲然伫立。

多年前，干爹问他的那个问题再一次回响在耳畔——

“轻羽，若有人欺你、辱你，你当如何？”

少年眸中燃烧着熊熊怒火，口中迸出一句话：“以牙还牙！”

第一章 月下初相逢

一

可莹永远不会忘记那夜。

那夜来得特别快，黄昏时分，日落西山，一转眼便天色擦黑。

可莹唤来侍女掌灯，侍女青儿却回答："侧王妃断了西贡院的供应，蜡烛已经用完了。"

可莹一怔，茫然回看妆台上的青铜镜。镜中二八少女容色绝美，目光里却有着与年龄不符的哀怨。

她淡声道："那就不用蜡烛了，有月光相伴，不也挺好的吗？"

一钩上弦月升上碧空，月华如练，流泻入室，将地面照得雪亮。青儿满心委屈："小姐，侧王妃这是打定了主意挤对你。堂堂王府千金，连蜡烛都用不起……"

可莹淡淡地道："你可知道为什么？"

青儿摇头。

"听闻皇上子嗣众多，公主却寥寥无几。所以皇帝要从王府里选一位贵女，收养来做公主。侧王妃想要姐姐做公主，自然要对我严苛了。"

青儿倒抽一口冷气，失声道："可是小姐你才貌双全，才是公主的最佳人选。"

可莹摇了摇头，将目光投向窗外，道："我十岁就没有了娘亲，父王又不十分在意我这个庶女，孤身一人，有谁能为我筹谋呢？别想着做公主了，能保住性命就已是万幸。"

青儿担忧道："侧王妃应该不会赶尽杀绝吧？"

可莹眯了眯眼睛，眸中闪过一丝冷锐。侧王妃会手下留情吗？娘亲死后，可莹就没有得到过父王的宠爱。侧王妃将她视为眼中钉，如今父王不在府中，正是侧王妃对她下手的好机会。

"既然没蜡烛，小姐就歇下吧。"青儿开始铺床，就着一抹月光去扶可莹。可莹点头，眼角忽然落入一抹诡异的白光。

白光行动很快，迅速便到了门口，瞬间定格在那里。可莹和青儿同时看清楚来人，顿时惊叫出声。

那是一个白衣少年，准确地说，是杀手。

他目光冷冽，手中一柄利剑寒光森然，散发着凌厉的杀气。

“救命啊，有刺客！来人啊！”

青儿连声喊人，可是西贡院里静悄悄的，一个护院也没有赶到。可莹也想喊人，但见此情形，想到自身处境，反倒冷静了下来。她直视面前的少年，忽然觉得他和传说中的杀手很不一样。

想着想着，她微微一笑。那一笑，美得倾国倾城。

少年杀手怔了一下，开口问：“你笑什么？”

“我是笑，临死前居然还能见到如此特别的杀手，也算是值了。”可莹打量对方，只见一身雪白衣裳，“杀手不都该是穿黑衣，蒙住脸吗？你穿一身白，又不蒙面，说明你剑术过人，不怕自己的白衣被人发现。”

孤夜，杀手，四周无人。

这摆明了是侧王妃布下的一个杀局。她喊与不喊，已经没有区别。甚至越是喊叫，杀手越是急着杀人灭口，自己反而死得越快。还不如安安静静地赌一场，和眼前的杀手周旋。

少年很是意外：“小姐也很特别，明明死到临头了，还有兴致和杀手聊天。”

“因为我知道，这王府里要是有人想杀我，我逃得了一时，逃不了一世。”可莹将瘫在地上的青儿抱住，看向少年，“只求你能饶我丫鬟一命。”

少年点头，上前一步，将剑刃搁在可莹的脖子上。锐利的剑气几乎要割破她的喉咙。

可莹反而更加冷静了，她捕捉到对方眸中一闪而逝的犹豫：“你第一次杀人，对吗？”

“别多话！”

“你为什么要走上杀手这条路？”

少年咬了咬牙，似乎想要动手，可莹又说：“既然你执意要杀我，不如听完我的故事再杀。”

少年没说话。

可莹就当他同意了，自顾自地讲述了起来：“我生在王府，娘亲备受父王的宠爱，所以侧王妃一直都不喜欢我。前几日，她让我去她院子里用膳，一只猫打碎了一只昂贵的琉璃碗，她的丫鬟红口白牙却咬定是我打碎的。因此，侧王妃在今天断了我院子里的供应，我连蜡烛都没的用。可笑的是，我娘最受宠的时候，琉璃碗都是用来赏赐下人的。现在她的女儿却因为一只琉璃碗，没的吃，没的喝。真是讽刺……”

“那你娘呢？”

“我娘去世好几年了。”可莹的笑容有些发苦，她随即恢复常态，歪着头看杀手，“你呢，你有什么故事？”

“我没有故事。”

“不对，每个人都有故事，比如一个杀手穿白衣，就是有故事。”

听可莹提起去世的亲人，少年也有些唏嘘。如果不是那些贼人和大火，他现在还在镖局里做一名镖师。他顿了顿，黯然伤神：“我穿白衣，是因为我失去了最重要的亲人，这是戴孝。我做杀手也是不得已，到了京城，镖局不收外地人，我没有收入来源，也只能沦为杀手。”

可莹若有所思地问：“那你来京城，是来寻找你其他的亲人吗？我说不定可以帮上你，再怎么说，我也是王府千金，等我父王回来……”

少年眸光忽冷，手中利剑贴上她的脖子。可莹心头“咯噔”一声，紧张起来。她想收买他的意图，还是被他看穿了。

“你帮不了我，我要找的人，在皇宫里。”少年咬了咬牙，似乎要下狠心将可莹一剑毙命。可莹慌忙说：“我可以帮你入宫！”

“为什么？”

“我很快就要做公主！”可莹笃定地说，“只要你帮我，我就举荐你入宫，怎么样？”

“我凭什么信你？”

可莹流下冷汗，瞥到书架上面搁置的皇后赏赐的玉佛，一指那玉佛道：“这是皇家御赐，我把这个给你做抵押！若我做不到，你就将这玉佛丢到皇宫门前。我丢失皇家御赐之物，死罪在我，到时候都不用你动手，自然有人来杀我。你现在信我了吗？”

少年一愣，缓缓将剑放下。

可莹缓了一口气：“但是，你要帮助我当上公主，首先就是要保证我的安全……”

少年眯了眯眼睛，慢慢地点了点头。可莹将青儿放下，转身从抽屉里拿出一袋银子：“那我们说好了，你保护我的安全，我帮你入宫。”

“一言为定。”

少年将玉佛拿了，转身向外走去。他轻功了得，身姿敏捷地跃上枝头，很快就消失在夜色中。

可莹这才后退几步，脸色煞白。一想到刚才差点儿死于剑下，她就忍不住后怕。

青儿连爬带滚地跑过去，抱住她的大腿：“小姐，明天天亮我们就去报官！我就不信……”

“没人信的，现在是侧王妃当家，何况我们根本就无法离开王府一步。”可莹打断了她的话，“现在只能祈求，尽快入宫……”

不知道为什么，那少年英俊的脸庞浮现在她脑海中。可莹居然油然而生一股难以言喻的信任感。

二

这一夜，可莹辗转反侧，难以入眠。刚一闭眼，她就感觉少年的剑要向自己刺来。

剑风凌厉，她从噩梦中惊醒，后背已经湿透。面对黑洞洞的闺房，她痛苦地攥紧锦被。

“娘……”

无人应声，只有窗户下传来微弱的虫鸣。可莹痛苦地抱紧双臂，流下一滴清泪。

天色微明，可莹穿戴整齐，坐在青铜镜前梳洗。青儿匆匆从外面进来，禀道：“小姐，大小姐来了。”

可莹恍若未闻，将一颗明珠放在耳边试戴。

李媛媛带着几个婆子，趾高气扬地进来。她是侧王妃所生，在王府里地位尊贵，平日颐指气使惯了，向来看可莹不顺眼。

见到青儿和可莹都好生生的，李媛媛有些讶异。母妃明明告诉她，已经收买了杀手来杀掉可莹，可是为什么可莹还活得好好的？

不过，她很快就恢复了常态：“妹妹的脸色怎么这么差，是没有睡好吗？”

李媛媛上门挑事，已经不是第一次了。可莹回头看她，微微一笑：“劳姐姐记挂，我是做了个噩梦。”

“不做亏心事，不怕鬼敲门。一个人如果问心无愧，是不会做怪梦的。妹妹可否说说，你那噩梦是什么样子？”李媛媛说着在椅子上坐下，眼睛在屋里乱看。

可莹笑吟吟地回答：“梦到有人来杀我。姐姐，你说怪不怪，那杀手居然穿一身白衣。”

李媛媛心头猛跳，追问：“白衣杀手？那后来怎么样了？”

“后来，我给了他许多银子，让他别杀我。他答应后，我又给了他更多的银子，让他杀了雇主。”

话音落地，一缕凉风从外面拂来，带来森森寒意。李媛媛后背一寒，手中的茶碗掉在地上，摔成了碎片。

可莹看这光景，料想自己猜测的果然不假。她反问：“雇主又不是姐姐，姐姐不必惊慌。”

李媛媛被将了一军，又惊又怕，瞪着可莹发怒：“我才没有害怕，只是你讲得太吓人了！”

话虽如此，但李媛媛还是疑神疑鬼。放眼四周，她甚至觉得这闺房里的确有一股阴冷的杀气……

“不做亏心事，不怕鬼敲门。你若是没做亏心事，怎么会怕成这个样子？”

李媛媛终于挂不住脸面，霍然起身：“你的意思是，杀手是我指使的了？”

“不过是梦罢了，姐姐可别当真。”可莹回身看镜，面色冷了下来。

李媛媛恨得牙痒痒，举目看到床榻上放着一件绿纱罗裙，立即看向身后的婆子们：“你们还愣着做什么？”

婆子们开始又砸又骂，有几个人冲向那件绿纱罗裙，将裙子撕烂，然后踩在地上。青儿看得目瞪口呆，冲过去喊：“你们做什么，不能这样欺辱小姐！”

“大小姐觉得这房里有鬼，派我等来镇一镇！”婆子们气焰嚣张。

可莹走过去，将青儿轻轻拉住：“算了，别计较了。”她垂眼，浓密的睫毛投下一片阴影。

李媛媛带着几个婆子得意扬扬地离开，略微肥胖的身躯扭得如同一只虫子。青儿厌恶地望一眼，回头看见地上那件又脏又破的绿纱罗裙，又惋惜又心疼：“小姐，你要参加皇家宴席的舞裙坏了，可怎么办呢？”

可莹拿起妆台上的眉黛，幽幽地道：“走一步，看一步。”

“可是舞裙都没了，还有什么胜算呢？”青儿的声音已经带了哭腔。

可莹倒是毫不在意，从匣子里挑了一根珠钗插入发髻。珍珠映衬着墨发，熠熠生辉，也让她添了一种别样的美丽。

皇室贵族中，从来都不缺美人。有时候越是珠翠满头，越是让人觉得腻烦。只因为同样的装扮太多了，还不如一根简单素净的珠钗让人觉得清爽。

因为出奇才能致胜。

思及此，可莹微微一笑："有没有胜算不是天定，而是人为。"

从小到大，她总是一而再、再而三地被人欺辱。走出王府，进入皇宫是她眼下最好的选择。她不会将这个机会拱手让人！

三

接下来的两三天里，可莹大门不出，二门不迈，每天都躲在房中练舞。有人来看她，也被她婉拒。只有郃王回府的那日，她才出了自己住的院子前去请安。

李媛媛本以为毁了舞衣，可莹就会低三下四地央求针线局重新做一件舞衣，可没想到可莹居然是这种反应，心里更是得意。所以当侧王妃问起这件事的时候，李媛媛轻描淡写地回答："母妃，你放心吧，可莹现在跟中了魔一样，不去重做舞衣，反而在房里练舞，估计是气坏了脑子。"

侧王妃正捧着一碗香茶，闻言多看了她两眼："你确定她只有一件舞衣？"

"母妃，你相信我，针线局的人还能骗我不成？"李媛媛整了整自己身上的天水碧衣裙，"咱们一直克扣她的用度，她哪有我这样的福气有那么多舞衣？"

"说的也是。你是皇后的外甥女，自然是福气天生。"侧王妃眯了眯眼，眸中现出危险的意味，"难得皇上想要收养公主，这可是个鲤鱼跃龙门的好机会。明天的宫宴上，你一定要艳压可莹，成为公主！"

李媛媛点头，不放心地问："母妃，既然第一次杀可莹没杀成，为什么不杀第二次呢？"

侧王妃脸色微变，看了看左右，看到侍女们都按照她的吩咐站得远远的，才回答："傻孩子，以后这样的话再别说了，当心隔墙有耳。为娘现在想到了杀可莹的更好的办法，咱们何必直接派出杀手，落人话柄呢？"

李媛媛茫然摇头："什么更好的办法？"

侧王妃在心里叹气，自己宠坏了这个女儿，她向来骄横，智谋却不足。侧王妃解释道："可莹只有一件烂舞衣，明天若是穿着烂衣裳跳舞，那就是对皇帝的大不敬。她若是不跳舞，那就是抗旨。无论她怎么做，都是大不敬之罪，不死也要丢半条命。"

李媛媛眼神一亮，拍手道："母妃果然足智多谋！"

侧王妃冷厉一笑，笑容里已包含毒辣算计。

翌日，郃王一行人准备入宫参加宫宴。这是郃王初次携带家眷出席，所以郃王对礼仪服饰的要求特别高。

“你们入了宫，一定要小心谨慎，不可多行一步路，不可多说一句话，不然被人揪了错处去，白白给人留下笑柄。”郃王坐在太师椅上，对两个女儿进行训诫，语气肃然。

“是。”李媛媛和可莹不约而同地回答。

“还有，你们要在宫宴上献舞，不要哗众取宠，只要记住清、正、美三个字即可。”郃王问道，“舞裙都准备妥当了吧？”

可莹正欲回答，李媛媛忙携了她的手，语气关切：“妹妹的舞裙做好了吧？前几日我吩咐了针线局，可不能马虎了你的那份。”

郃王欣慰地道：“媛媛真是善解人意，事事为别人着想！可莹，你有你姐姐的一半体贴就好了。”

可莹敛衽一礼，恭声说：“可莹谨记父王教诲，多谢姐姐关心。”

郃王冷淡地撩袍起身，向外走去。可莹紧跟其后，肩膀却被李媛媛撞了一下。

可莹抬眼看李媛媛，正看到她眼中乖张的神色。

李媛媛压低了声音，得意地问：“你怎么不向父王告状？我把你的舞裙扯烂，你还真的咽得下这口气？”

可莹后退一步：“姐姐别开玩笑了，你我之间一向恭爱友良，哪里有这等事？”语毕，她便提步向前，不再理睬李媛媛。

她早已打定了主意，宫宴之前绝不节外生枝。李媛媛已经占尽上风，父王当着所有人的面赞扬了她。如果可莹告状，就等于驳了父王的面子，意指父王失察，父王怎么可能再为她主张正义？

况且，父王一向不喜欢自己。

这样想着，可莹施施然坐进了一顶宝顶宫轿。她闭上眼，靠在座椅上稍作休息。眼下的要紧事不是和李媛媛斗嘴，而是宫宴。

一行人的轿子晃悠悠地入了宫，到了御花园的时候，已经是天色擦黑。

可莹走出轿子，正看到三步一灯，宫人们挑着八角灯笼侍立，烛光照亮了身后满园春色。皇帝携宫眷站在前方，无形中透着一股不怒自威的皇家气势。

如今的皇帝名叫李显，母亲就是当年临朝当政的女帝武曌。虽然坊间传闻李显性情中庸软弱，但作为武曌的子嗣，看上去还是颇有几分威仪。

可莹忙随邠王拜倒："参见皇上、皇后娘娘、淑妃娘娘，皇上万岁万岁万万岁，皇后娘娘万福金安，淑妃娘娘千岁！"

"平身。"皇帝和颜悦色道，"今日是家宴，何必还拘着礼仪，快都起来。来，我们先赏园子。"

众人平身后，可莹才看到皇帝身边有两位宫装华贵的女子，一位相貌庄严，气度不凡，所穿宫装描金绣凤，这般华贵的人物应该是皇后。另一名女子宫装素雅飘逸，眉心描一朵桃花，映衬得肤白貌美，盈盈水目里带着一股亲近善意。这位应该是传说中的淑妃娘娘。

传说，淑妃娘娘曾为宫中女官之首，才高八斗，有巾帼宰相的美名。可莹忍不住多看了淑妃两眼。

"这就是两位相府千金吧？生得真俊，就是这穿戴素净了些。"皇后执了李媛媛和可莹的手，和颜悦色地道，"春日就该穿得鲜艳明亮才好看，你们喜欢哪朵鲜花，摘了戴就是。"

李媛媛眼神一亮，屈膝道："谢过皇后娘娘。"

李媛媛在宫女的引导下，走到一丛牡丹花面前，留意到开得最大的一朵牡丹，花蕊金黄，藏在层层叠叠如卷雪的花瓣里，煞是好看。

皇后微笑着，看了看李媛媛挑的那朵花，道："媛媛真是好眼光，这一朵果然是国色天香。"

李媛媛喜不自胜。

淑妃脸色微僵，扭头看向一旁的可莹："既然皇后都发话了，你也去挑一朵戴吧。"

可莹犹豫片刻，婉拒道："可莹在这里谢过皇后和淑妃娘娘的好意，但是小女不想采摘花朵。"

"为什么？"

"有句诗说得好，'草木有本心，何求美人折？'一草一木都是生灵，可莹不舍得让它们离开枝头。"

此言一出，淑妃神色缓和，皇帝若有所思地点了点头。皇后收敛起笑意，凉凉地道："可莹倒是想得细致。"

"不摘就不摘了。花若离枝，开得再好看又有什么趣？"皇帝赞赏地看了可莹一眼。

李媛媛尴尬无比，面红耳赤，狠狠瞪着可莹。可莹则视而不见，垂眸站着，心里却是轻松了几分。

这片牡丹园，是皇帝和淑妃当年的定情之地，后来每年在淑妃生辰之际，皇帝都会命人新栽一株牡丹。淑妃很爱这片牡丹园，常常流连此地。皇后对此一直耿耿于怀，如今当面赏花，表面上是为宫宴助兴，其实是在打淑妃耳光。可莹看皇后那得意的脸色，一早就察觉到这一点，所以才没有接受皇后摘花的赏赐。

宫宴开始了，宫女呈上美味佳肴，露天宴席上气氛和乐融融。皇帝突然命宫人拿来两幅古画，道："朕最近得了两幅古画，不知道两位千金能不能认出分别出自谁手？"

可莹和李媛媛都点头答应。于是，宫人们便将那两幅画送到两个人面前，只是用白纸将落款盖上。

李媛媛看了那两幅画，云里雾里，不知道画的是什么。可莹却笑着回答："回皇上，这一幅是《云汉图》，另一幅是《北风图》，都出自汉代的刘褒之手。"

皇帝抚掌大笑："可莹学识渊博，答得不错！"

可莹谦虚地说："也没什么，听闻这《云汉图》看一眼让人浑身炙热，《北风图》却能让人感到寒冷。我刚才又冷又热，想必肯定是这两幅图的原因。其实若论品鉴古画，可莹真的没什么底气的。"

这番话说得俏皮，又给了李媛媛台阶下，让皇帝十分欣赏。

李媛媛却不领情，她认定可莹抢了自己风头，暗自咬牙生恨，发誓一定要将可莹比下去！

四

宫宴进行到一半，皇后发了话："如此美景，若是有舞乐相伴就更好了！不如两位千金献舞，如何？"

李媛媛眉头一挑，心知机会来了。

父王说过，皇帝想要从她和可莹二人中选出一位收为公主，方法是让两个人斗舞。只不过为了不伤颜面，明面上是不会说破的。

李媛媛按捺不住激动，开口道："媛媛愿献出一支采莲舞。"

皇后点头赞叹道："好，马上就逢夏季了，一支采莲舞很应景。你去换舞衣吧！"

一盏茶工夫，李媛媛换了一身华丽的舞衣，施施然走了上来。那舞衣上用银丝穿缀，一举一动都有银光闪耀。她柔美一笑，开始翩然起舞。银光飞旋，舞姿美丽，让众人看得眼花缭乱。

舞到最后，她袖中飞出两根绿色彩带，被她舞动飞起。旁边有宫女适时扔来一朵莲花，被她稳稳接住，高举过头之后执花柄向下，放在唇边轻嗅。与此同时，乐曲结束，最后一个音符落下之时，众人开始鼓掌。

皇后温然道："邠王的这位大千金真是乖巧貌美，皇上，你说呢？"

皇帝点头，也表示赞同。李媛媛谢过，回到坐席的时候，往可莹那边投去挑衅的一眼。

可莹不慌不忙地站起来，在青儿的陪同下去换舞衣。青儿担忧地小声问道："小姐，那样一件舞衣，你真要穿吗？"

"当然可以。"可莹从袖中掏出一个纱质囊袋，里面有星星点点的绿光在闪耀。青儿惊讶地问："这是什么？"

可莹微微一笑："这些都将伴我起舞。"

另一边，宫宴已接近尾声，众人都有些困倦。李媛媛暗地里幸灾乐祸，看来众人对可莹没太多期待。

她正得意，忽然听见一阵琵琶乐从不远处飘来，如梦似幻，飘飘如仙，如白云出岫，如雀鸟归巢。李媛媛心中惊讶，循着乐声望去，只见可莹边弹琵琶，边快步走上前来，身上的舞衣居然仍是被她撕毁的那一件！

舞袖被撕成几根长条，可莹干脆进行锁边处理，并蒙上一层纱罩。纱罩里有绿莹莹的光点飞舞，稍一舞动，莹绿如魅，划出飘忽炫美的光影。

有人低声惊叹："那是萤火虫？"

果真是，那些纱质囊袋里的绿色光点，全部是萤火虫。

可莹抿唇轻笑，将琵琶放在背后，反手弹奏。反弹琵琶舞对声乐、节奏的要求很高，也正因为如此，才让这支舞显得仙气十足。

宴席上一片静寂，目光都集中在可莹身上。只见她时而轻笑弹奏，时而如蝴蝶翩跹，时而晃动脚踝上的小巧银铃，令人恍忽以为是仙人起舞。加上她每次甩起舞袖，绿光莹莹一片，当真是惊为天人。

一曲终了，众人还没回过神来，仍然沉浸在可莹的美妙舞姿中。当可莹行礼时，皇帝才讶然道："可莹这是跳完了？"

可莹称是，皇上目光中充满赞许，转而问皇后和淑妃："你们觉得媛媛和可莹，谁更出挑？"

皇后表情有些不自然，道："两个人都拔尖，不过我觉得采莲舞应景应时，媛媛更胜一筹。"

淑妃掩口轻笑："我倒是觉得可莹的反弹琵琶舞生动曼妙，让我忍不住神游敦煌。"

"既然分不出伯仲，那朕就直接赏赐了。"皇帝命宫人往可莹和媛媛的坐席上各送了一份封赏。两个人一同谢过皇上，去看那封赏的托盘。托盘上都蒙着红绸布，看不到里面，不过媛媛的封赏堆积得明显比可莹的高许多。

媛媛乐了，伸手就要去掀红绸布。皇帝却道："且慢，等你们回到王府再看不迟。"

"是。"媛媛喜上眉梢。

等到宫宴结束，已是深夜。邠王和侧王妃先行离宫，而可莹和媛媛则被留在宫室里休息，翌日才启程回到王府。

邠王和侧王妃早已站在王府门口等候。二人轿子一停，下人们忙将可莹和媛媛搀扶进王府。

侧王妃悄声问媛媛："皇上赏赐了什么？"

媛媛掩不住得意之色："皇恩浩荡，皇上赏赐给女儿好多宝贝，比可莹的多多了，等下就知道了！"

侧王妃看了看可莹身后的青儿，她手中的托盘瘪瘪的，丝毫不像是有众多宝物的样子，也轻蔑道："她自然是落选了，说实话，可莹怎么能和你比呢？"

郃王也以为媛媛中选，到了主屋，又是让媛媛落座，又是寒暄。媛媛让人把托盘上的红绸布掀开，众人立即看到绸布下面是堆积如山的珍珠，颗颗珠圆玉润，散发着耀眼光华。

侧王妃向旁边站着的家丁使了个眼色，众人忙向媛媛跪下："恭喜大小姐，贺喜大小姐！"

喜庆气氛在这一刻达到了顶峰，似乎都没有人注意到可莹。可莹冷眼旁观，转而看向青儿："把红绸布掀开吧。"

侧王妃道："还掀什么掀，看上去那么瘪，估计只是一锭银子罢了。"

郃王用目光制止侧王妃，对可莹道："你也把皇上的赏赐给大家看看吧。"

"是。"可莹站起身，亲手将红绸布掀开。红绸布下是一只雕刻精致的檀木匣子，可莹将匣子打开，在看清里面的东西后，不由得一怔。

郃王问："里面是什么？"

可莹将匣子呈给郃王，郃王色变："公主宝册！"

"哗啦"一声，侧王妃失神，手中的珍珠滚落一地。媛媛更是两眼发直，不知所措。她还以为皇上属意的人是自己，怎么可莹就做了公主了呢？

"不，我不信！"媛媛上前一看，那的的确确是公主宝册。她又嫉又恨地盯着可莹，可莹却面沉如水，将匣子合上，戒备地后退一步。

媛媛更加气愤，正要发话，门外忽然有人高呼一声："圣旨到——"

一位身穿紫袍的公公在几位宫人的簇拥下走进王府，郃王和侧王妃忙出来迎接，可莹和媛媛也赶紧跪倒在地。

“奉天承运，皇帝诏曰——”紫袍公公尖细的嗓音开始念起圣旨。可莹脑子蒙蒙的，即便在紫袍公公宣布自己成为金城公主，并且在十日后入宫时，仍然不敢相信。

“接旨——”紫袍公公宣旨完毕。邠王忙将圣旨接住，道：“谢主隆恩！”然后神色复杂地看向媛媛。

“参见金城公主，公主千岁千千岁！”众人向可莹跪拜。

可莹忙将邠王扶起：“父王，你我本是父女，这是在王府，不用顾忌那些繁文缛节。”

邠王有些感动，又有些后悔。他从来都没有给这个女儿太多照顾，但可莹孝心一片，没有因公主的头衔自傲。他转身看向侧王妃和媛媛：“以后你们都要礼待金城公主，不得有一丝一毫的怠慢！”

“王爷命令的是。”侧王妃和李媛媛哭丧着脸，屈膝应答。

“母亲和姐姐快平身，咱们本就是一家人，客气什么。”可莹笑吟吟地道，“我十日后就要入宫，也没什么能送的，就把我那件舞衣送给姐姐吧。”

李媛媛不得不再跪下去一次：“谢过公主。”

然后她又惊又怒地接过那件被撕碎的舞衣，却又不得不维持着表面上的端庄柔顺。

可莹丢下一个胜利的眼神，带着青儿离开。

第二章 宫墙深深风波起

一

可莹没有想到，侧王妃很快就有了对付她的伎俩。

翌日，邠王来到可莹的院子，侧王妃跟在他身后，一身的绫罗绸缎彰显高贵地位。

可莹大方地迎接，看到侧王妃满面春风，完全没有前一日的狼狈模样，不由得心生疑窦。

“可莹虽然不是我亲生，但是我也是打小疼得很。”侧王妃故意将语气放慢，“一入宫门深似海，我不放心可莹独去，所以请皇上开恩，允许我指派一名侍卫和可莹同去。”

可莹愕然：“什么？”

说话的同时，她已经看到侧王妃身后跟着的那名侍卫。那个人叫王丁，生得孔武有力，却有一双鼠目，眼神里尽是凶戾。

邠王温和道：“侧王妃和我提起的时候，本王就非常赞同。可莹，王丁武功高强，你还是带上吧。他是自家人，事事比旁人忠心。”

忠心？

这王丁只对侧王妃忠心，对自己只有杀心。

可莹忍不住心里害怕。侧王妃这是发现外请的杀手不好使，终于想起从自家安插杀手了。

父王本来就对自己不够亲厚，再加上耳根子软，禁不住侧王妃吹风。她就算揭发了侧王妃的真面目，父王也未必能信。

所以，可莹并未表示异议，而是假意感激道：“还是母亲考虑周全，可莹在这里谢过。”

侧王妃眯了眯眼睛，极力压制住心底的仇恨：“快别喊我母亲了，您现在贵为公主，淑妃娘娘才是您的母亲呢！”

一家三口就这样各怀心思地说完话，邠王带着侧王妃离开了，只留下王丁在院门口看守。等到四下无人，青儿才露出焦急的神情：“小姐，侧王妃明摆着没安好心啊。”

可莹凝视着渐渐变暗的苍穹，莫名想起了那名白衣少年杀手，如果他能保护自己，揭发王丁的真面目就好了。

但是信任一个杀手，真的可行吗？

接下来的两天时间里，王丁守在院子门口寸步不离。可莹想了很多办法，寻王丁的失职处好打发他，结果都没有机会。王丁非常谨慎，不容自己露出任何破绽，这是打定了主意要跟着可莹入宫了。

被人盯梢的感觉非常不好，可莹心烦意乱，提裙到了廊下。只是走了两步，她便顿住。

一只白鸽正在廊檐下休憩，腿上系着一根白布条。

青儿觉得不对劲，上前几步，看到白鸽，惊叫一声道：“小姐，那个杀手又来了！”

可莹眯了眯眼睛，淡淡道：“他这是在催我兑现承诺了。”

“杀手怎么能当侍卫？小姐，你可别犯傻，一旦你提出这个要求，侧王妃就会有所警觉，她会让你如愿吗？再说，就算小姐做了金城公主，也不能随便往皇宫里塞人哪！”青儿颤声道，“要不然和皇上说说，咱们布下天罗地网，不信抓不住他。”

可莹没有回答，只是走上前，将白布条从鸽子腿上解下来。那只白鸽完成了使命，从可莹手心里一跃，便扑棱棱地飞走了。

可莹眯眼望着鸽影，再看手中的白布条。这样离得近了，还能嗅到布条上散发的一股槐花的香味。

青儿说的有道理，杀手是不能当侍卫的。可是现在自己腹背受敌，还真的不能得罪这个杀手。

可莹望了望院子里的那棵大槐树，凉凉微风习习而来，将枝叶吹拂得簌簌作响。

她苦涩一笑。

“行一步，看一步吧。”

入夜，可莹独自在房中，拿出少年留下的那根白布条，忽然觉察有些不对劲。那白布摸上去不太光滑，似乎有什么痕迹。

可莹心生疑窦，将白布放在烛火上方两寸的位置。果然，不多时那白布上就出现了几行字。

“原来是用明矾水写的字。”可莹低头去看白布上的字，越看神色越是凝重。

只见上面写着：“明日午时三刻在桃林见面，尽快兑现承诺，否则白玉佛像将会出现在皇宫门口。”

这可怎么办？无论如何，她也不可能介绍一名杀手入宫。

可莹将白布条烧掉，辗转反侧了一夜，好不容易才等到天亮。她起床梳洗，吩咐青儿去准备到清安寺上香需要的马车和银两。

王丁果然要跟着：“夫人说了，二小姐今非昔比，要我随时跟着保护小姐周全。”

可莹点点头，上了青儿备好的马车。马车向城外飞驰而去，一路上车铃清越，铃声传出老远。因为是仲春时节，马蹄上沾满花瓣，清香气息悠然飘入车内。

白衣少年所说的桃林，就在去清安寺的必经之路上。因为海拔比较高，所以这里的桃花开得比其他地方的要晚很多。

可莹掀开车帘，看王丁警惕地跟在马车旁边，温然道：“王丁，前面桃花开得甚好，我想下车摘花。”

王丁犹豫了一下：“可是侧王妃吩咐，不许小姐擅离路线。”

“不过是摘个花罢了，有什么可紧张的？”可莹抬起玉润光滑的一只手，“停车。”

王丁无奈，只得勒马下车。他眼中现出狡诈的光芒，转瞬即逝。可莹装作没看到，掀帘下车，抬头看了看日头：“日头也太毒辣了，青儿，拿白纱来。”

她在脸上蒙上一层白纱，让青儿也效仿，然后施施然走入桃林。青儿紧紧跟在可莹身后，警惕地左右张望。

可莹笑着对青儿道："你在这里等我，我去去就来。"

青儿早就被满园的桃花勾起了少女心，听到可莹这样说便点了点头答应了。

可莹借着采花之名渐行渐远，不知不觉就走到了桃林深处。蓦然，她听到身后传来一阵脚步声，还以为是白衣少年到了，回身却发现是王丁。

她皱眉："王丁，你跟着我做什么？"

王丁咧开嘴笑了："二小姐，这里美吗？"

可莹更加反感："王丁，就算你是侍卫，也不用跟得我太紧。"

"那怎么行？侧王妃说了，二小姐的命是我的，我怎么能不跟得紧一些？"

"你什么意思？"可莹预感不妙。

王丁彻底露出了狰狞面目，抽出利剑："别揣着明白装糊涂，二小姐，这个公主之位，本来就不应该你来坐！"

可莹惊呼一声，转身往桃林深处逃去。王丁更是得意："真是愚蠢，不往马车那边逃，反而往里面逃。"

他大踏步追了上去。

桃林里落英缤纷，将地面铺成一片粉色。可莹踉踉跄跄地逃到桃林深处，然后转身盯着王丁。

那目光里再没有方才的惊慌失措，而是充满冷锐和轻蔑。

王丁一怔，冷笑："二小姐死到临头，倒是还算镇定。你放心，凭着你我主仆一场，我也会给你留一个全尸的。"

他说完，忽然觉得身体有些不对劲，但仍然高举利剑，向可莹劈去。

可莹灵巧地避开剑芒，仍然冷冷地看着他。王丁气喘吁吁，咬牙再刺，可是这一下，他眼前昏黑一片，一头栽在地上。

"不，不可能！"王丁难以置信地捂住鼻子。他这时才确定自己中了毒，可是从头到尾，可莹都没有接触过他，她是怎么下毒的？

可莹走到他身边，将他手中的利剑一脚踢开："你才是蠢货，连桃花瘴都不知道？”

桃花掉落地面，腐烂后会产生有毒气体，吸入者会中毒昏迷。这也是可莹从一开始就戴着白色面纱的缘故。王丁就没那么幸运了，他举剑行刺，活动加剧，更是促进毒素流遍全身。

“二小姐，救命，救命……”王丁悔不当初，躺在地上哀求可莹。可莹抬头望天，两根手指放在口中，吹出一声悠长的哨声。

哨声消失在天际时，一人运轻功踏花而来，倏忽便到了跟前，正是那日的少年杀手。

他依然白衣胜雪，从树冠上翩然落下，不悦地看了看地上的王丁：“他是谁，你还带了一个侍卫？”

可莹耸耸肩膀：“你不是想让我帮你入宫吗？你不立功，我怎么举荐你呢？”

王丁知道自己上了当，目眦欲裂：“你们……你们早约好了……”

少年用绳索将他捆起来，整个动作流畅轻松，似乎在捆一扎柴火。

“咱们快离开这里吧，桃花瘴到底不是闹着玩。”可莹催促道。

少年点头，拉住可莹的手，提着捆着王丁的绳子，运起轻功，几步便踏到桃花树上，往外面逃去。

可莹浮在半空，俯视整个桃树林，被花潮的美震惊。

谁能想到，这样美的一个地方，也有要人性命的毒呢？

到了桃林边缘，青儿在马车旁焦急地等待，一见到少年，她就惊得面色煞白。可莹一下扑到青儿怀里，佯装抹泪：“青儿，王丁刚才居然要杀我，是这位公子救了我！”

青儿指着那少年，牙齿打战：“你……你……”开什么玩笑，这明明是那天晚上的白衣杀手！

车夫惊慌失措地跑过来，一把将王丁从少年的肩膀上拉下来，怒道：“你这杂碎，居然敢欺负小姐！”

王丁已经昏迷，人事不知。

可莹向青儿挤了挤眼睛，拉着青儿向少年道谢："谢公子救命之恩！敢问公子尊姓大名？"

少年薄唇轻启："顾轻羽。"

"我见公子武艺高强，不如随我回府领个赏钱，如何？"可莹继续装模作样。少年也不推辞，将王丁捆了个结结实实，往马背上一丢，然后自己也一跃跨上王丁的枣红色马。

"回府。"可莹命令车夫策马。

青儿一肚子的疑问，等进了马车，才低声问："小姐，你怎么会遇到那个杀手？"

可莹将前因后果讲述了一遍，青儿听得脸色发青："小姐，你怎么能赴杀手的约？万一他和王丁一样，也对你有杀心，可怎么办呢？"

"不赌一赌，我迟早会死在这府里。"可莹将车帘掀起一角，偷偷往车外看去，只见顾轻羽坐在马背上，器宇轩昂。

她微微一笑："所幸，我赌对了人。"

二

回了王府，王丁意图刺杀可莹的事引起了轩然大波。

因为王丁是侧王妃举荐的，所以邠王勃然大怒，当时就命人将侧王妃喊来，声色俱厉地问她是怎么回事。侧王妃吓得瑟瑟发抖，跪在地上道："王爷，臣妾冤枉啊，是王丁自己心生歹意，我没有指使他！"

她泪眼蒙眬地看向可莹，但是可莹坐在席上喝茶，丝毫没有看她的意思。侧王妃绝望，不断磕头道："王爷明鉴！"

说话时，李媛媛已经从外面冲了过来，往地上"扑通"一跪："父王，母妃是不可能指使王丁杀可莹的，求你……"

邠王将手中的茶碗重重地放下："没规矩，这是金城公主！"

一句话提醒了李媛媛，可莹和她已经是云泥之别。李媛媛咬住下唇，忍了忍道："是女儿失言了，没有顾及金城公主。母妃是不可能对金城公主下狠手的，这件事定是有人栽赃陷害。"

可莹这才抬眼看她："你是说，栽赃陷害的人是我喽？"

李媛媛只得道："不敢。"

"啪！"

一声清脆的巴掌声响起。李媛媛捂住右脸，震惊地看着侧王妃。侧王妃眼角含泪，一字一句地道："胡言乱语，你有几个胆子，竟然说金城公主栽赃陷害，还不快向公主请罪！"

每一个字，都在告诉李媛媛，她们气数已尽。

如今王丁露出马脚，生杀予夺全在可莹的一念之间，这个时候攻击可莹，只能是自掘坟墓。侧王妃只恨李媛媛太蠢，看不清形势。

李媛媛只得向可莹伏首："公主恕罪，是我太过狂妄，口不择言。"

"罢了罢了，你也是情急之下才会说错话。"可莹满不在乎地让侧王妃和李媛媛平身。邠王更加愧疚："可莹，都怪我用人不察……"

"不怪父亲，是王丁心术不正。"可莹将邠王的手拉起，目光瞥过外间廊檐下的一抹身影，"这次若不是有人来救，我恐怕就和父王天人两隔了。"

郤王这才想起了另一个问题：“可莹，到底是谁救的你？”

可莹招手，让家丁将顾轻羽领进来：“就是这位公子。”

郤王垂目看顾轻羽，只见他眉目俊朗，英姿勃发，点头道：“是个人才，不知公子在哪里高就？”

顾轻羽道：“以前是镖师，后来家门中落，来京城做点儿小生意。”

说完，他就看了身旁的侧王妃和李媛媛一眼。侧王妃一眼就认出，这人就是她曾聘的杀手！她心跳如雷，还以为可莹要新账旧账一起算，当下就吓得面色惨白。

郤王想了一想：“你对小女有救命之恩，按理当赏，那本王赏你二两黄金，如何？”

“我不要赏钱。”

郤王迷惑不已：“不要赏钱？”

“我流落在外，只想找个正经的职业做做，钱财于我都是浮云。”顾轻羽一板一眼地回答。郤王反而更加欣赏他了：“不错，视名利于无物，就不会受人诱惑。”

可莹趁机道：“父王，这样一个忠心耿耿又武艺高强的人，不如让他做侍卫。”

郤王犹豫：“可是他到底没有在王府里生活过，还不能确定他的品行如何。”

“王丁倒是在王府里生活过，还不是想杀我。”可莹握住郤王的手，“父王，女儿心里有把握。”

“既然如此，那就封你做公主侍卫，日后随公主一同入宫。”郤王终于点了头。顾轻羽铿然道：“谢公主，谢王爷！”

侧王妃和李媛媛目瞪口呆。可莹居高临下地看着她们，意有所指地说：“谢谢母亲和姐姐的照顾，可莹永世难忘。”

说完，她便飘然而去，只留下一个决绝的背影。

“从今天起，你就禁足自己院子里一个月吧，好好反省反省。”郤王厌恶地看了侧王妃一眼。就算王丁不承认自己是侧王妃的人，他也觉得行刺可莹和侧王妃脱不了干系。

侧王妃恭送邠王离开，眼泪才落了下来。李媛媛扑进她怀里痛哭起来："母妃，怎么办？父王可能永远都不会正眼看我们母女了。"

"怕什么，有皇后娘娘为我们撑腰，可莹得意不了多久！"侧王妃阴毒地说，尖利的指甲深深地嵌入肉中。

自从顾轻羽当上可莹的侍卫之后，就尽职尽责。可莹为了嘉奖他，时不时地赏些银子给他，只是可莹一想到自己的白玉佛像还在他手里，心里就不太舒服。

那么重要的东西在别人手里，到底是个把柄。皇后赐的宝贝不能轻易送人，万一这件事被捅出去，那就是她对皇家不敬，肯定吃不了兜着走。可是每当可莹向顾轻羽讨要玉佛，他总是岔开话题。

不过，要回玉佛的机会，终于来了。

入宫前一天的晚上，王府张灯结彩，喜气洋洋。

可莹吃完宴席，回到房中，转身看到顾轻羽寸步不离地跟着自己。这些天他护自己于左右，恪尽职守，确实很辛苦。

"这些天你劳累了，本来想赏你一些银子聊表心意，可是赏那个怪没意思的，不如就赏你一碗甜碗子吧。"

说着，可莹便让青儿端上来一碗甜碗子。各色瓜果配上冰糖蜜饯，看色泽就已经十分诱人了。

顾轻羽一抱拳："谢过公主。"他接过甜碗子，几口就见了底，并没有看到可莹得意的眼神。

果然，顾轻羽刚吃完甜碗子，就一头栽倒在地上。可莹站起身，哼了一声，道："青儿，咱们去他的住处把玉佛搜出来去。"

这甜碗子里早就被她放了蒙汗药，就是为了这一刻。见顾轻羽沉睡不醒，可莹和青儿飞快地来到他的住处。

顾轻羽的房间很是素净整洁，一床一被一剑，再无其他。行李很简单，可是可莹和青儿搜了一遍，也没有发现白玉佛像。

“不是说，他在京城没有其他亲人吗？玉佛不在他身边，还能在哪里？”可莹有些急了。

青儿想了想：“小姐别急，咱们再慢慢找一找。”

“我怎么能不急？明日就入宫了，万一皇后娘娘问起玉佛的事，那就是大不敬。”可莹扫视房间一周，“继续搜！”

这一次，她不仅将床褥查了一遍，还将书架也翻找了一通。因为手忙脚乱，她不慎碰翻了两本书。可莹弯腰去捡书，忽然被书中掉落的一张纸吸引了注意力。

那是一张当票，所当之物正是白玉佛像！

“浑蛋！他居然当掉了玉佛，换了一万两银子。”可莹欲哭无泪，“我虽然贵为公主，可我上哪弄这么多私房钱去赎玉佛！”

就在这时，房门外传来一声清冷的声音：“你骂我什么？”

可莹悚然回头，看到顾轻羽不知何时坐在窗台上，深邃的墨眸正冷冷地看着她。

青儿吓得瘫在地上：“顾、顾、顾……”

他微微一笑：“你们到底做了什么亏心事，才会吓成这样？”

“我没做亏心事，是你出尔反尔。”可莹强撑着架势说，“我们明明约定，我把你带进皇宫，你就放过我。现在，玉佛呢？还给我！”

顾轻羽笑道：“你如约让我跟你入宫，我就把玉佛再赎回来。”

“你……”可莹不知道说什么好。

可莹无奈，想了想，是自己许诺在先。她点了点头，表示同意：“好，你可以入宫，但是先说好，不要惹是生非。”

“这你放心，我不会连累你。”顾轻羽的眼眸里蒙上一层黯然。他拿过那张当票，转身向外面走去，背影充满落寞和疏离。

可莹想要告诉他，她会帮助他实现愿望。可是他根本就没有停步，而是大踏步地往外走去。

三

在邠王府住满十日后，可莹终于入了宫，顾轻羽做了她的贴身侍卫。刚穿上象征公主身份的服制，可莹很不习惯，这比王府千金穿的衣裙要更加华丽、繁复。还有那皇宫，朱墙碧瓦，壮丽巍峨，从高楼望向东边，只觉得层云磅礴，覆盖于这一片巍巍宫城之上，尤其壮观。

这都是她在王府里接触不到，也想象不到的生活。

就在可莹有些不知所措的时候，淑妃带着宫女来拜访，送来了各种新奇讨巧的小玩意儿，还带了美味的糕点和一些日常用品。

“金城公主，你要习惯皇宫的生活，以后你的衣服比这个更华丽漂亮呢！”淑妃一边为她端正首饰，一边安慰可莹。

可莹笑着说：“娘娘还是喊我可莹吧，这样显得亲厚些。”

淑妃十分感动，四下看了看，让宫女们退下，才悄悄地对可莹说：“皇宫里容易生变，除了每日的请安，你记得不要经常去皇后宫里。”

可莹连忙一口答应。

她心里明白，皇后对她没什么好印象，去了只能惹火烧身。就连每天早晨的请安，都要万分小心才可以。

淑妃满意地点点头：“我知道你是个聪明伶俐的孩子，你一定能够随机应变的。还有，安乐公主那边你也少去。”

“安乐公主？”可莹歪着脑袋问，“听闻安乐公主只比我大了一岁半，我正想去拜访她呢！”

“万万不可！”淑妃眉头皱成一团，“你记住我的话，不能去就是了。”

“为什么？”

淑妃没有回答，只轻轻地摇了摇头。

“娘娘的嘱咐，我一定牢记在心。”可莹恭恭敬敬地回答，心头却蒙上一层疑云。她和安乐公主没有利益瓜葛，安乐公主为什么也会针对她？

等到淑妃离开，可莹坐在长廊下想着心事。夕阳西下，将宫苑里的树影拉得修长，也拉长了宫苑门口顾轻羽的身影。

作为一名贴身侍卫，顾轻羽尽职尽责，常常在宫苑里巡逻。可莹曾经担心顾轻羽入宫后会胡作非为，可是现在只能暗笑自己想多了。

他做事又谨慎又机灵，滴水不漏。

“顾轻羽，你过来。”可莹忽然心生一计，将顾轻羽喊到身边。

顾轻羽面无表情：“公主有什么吩咐？”

“你去夜探安乐公主的宫殿，看看有什么异常没有。”

顾轻羽皱眉，但很快就答应下来：“好，公主请等我消息。”

可莹看着他离开的背影，露出了一个笑容。

就这样想着安乐公主的事情，可莹心事重重地用完了晚膳。天色黑透，快要入寝的时候，顾轻羽才悄悄回到宫里。

可莹忙将左右都屏退，只留青儿守在门口。她问顾轻羽：“安乐公主宫里有没有什么异常？”

“有。”顾轻羽想了想，“天黑了不掌灯，而且宫女都很丑陋。”

可莹目瞪口呆，好一阵子才说：“这算什么异常？”

她有些生气，要知道，自己的本意是让顾轻羽去看看安乐公主宫里都有哪些人来往，是不是有人要陷害自己。

顾轻羽脸上蒙上一层冷霜：“公主，属下只能做到这些，再做太多就是对安乐公主不敬，也请公主自重！”

可莹没想到他居然会反驳自己，顿时气不打一处来。等了几个时辰，他就探来了这样没什么价值的消息，还说自己不本分。

“你进宫不也是有自己的目的吗？还敢说本宫对安乐公主不敬。”可莹生气，手一挥，“从明天开始，你不用做我的贴身侍卫了，就守宫门吧！”

反正她已经兑现了自己的诺言，对他也仁至义尽了。

顾轻羽深深地看了她一眼，退了下去。

宫室里顿时空荡荡的，只有烛火晃了一晃，将投在墙上的暗影照得更加可怖。可莹突然有些害怕，想将顾轻羽喊回来。可是她的自尊心不容许她这样做，所以她只是咬住了下唇，什么也没说。

四

风平浪静了几日，还是起了波澜。

可莹做了公主这件事，让皇后闷闷不乐了好几日。皇后和邠王妃是表姐妹，所以皇后更愿意让自己的外甥女李媛媛成为公主。

“皇后，何必自己烦闷，不如找人去收拾金城公主。”这日，皇后又在叹气，新进宫女粉蝶出了个坏主意。

皇后淡淡地道：“谈何容易？她现在是金城公主，不是王府庶女了，谁能动她一根手指头？”

“皇后，你不能动她，但是有人能动她。”粉蝶面上露出一丝奸诈。

“谁？”

“安乐公主。”粉蝶禀道。

皇后猛然从琉璃榻上坐起身来，顿时想清楚了前后关节。她面上露出笑容：“安乐公主，很好，很好。”

安乐公主是皇后的亲生女儿，但皇后向来行事强势，两个人平日里难免有冲突，所以安乐公主对皇后有抵触情绪，总是和皇后对着干，皇后对这个女儿十分头疼。

因为安乐公主早年受过苦，皇帝对她又是宠溺，又是愧疚，又是心疼。如果让安乐公主对可莹动手，那么皇上无论如何都不会怀疑皇后，也不会处罚安乐公主的。

粉蝶面上一喜：“皇后这是同意了？”

“同意了。你去办吧，就说安乐公主请金城公主去一趟。”皇后伸出白皙的手指头，点了点粉蝶的脸，“你机灵，事情办妥了我重重有赏。”

“是。”粉蝶喜不自胜。

粉蝶匆匆从皇后宫里出来，直往可莹宫里赶去。到了地方，粉蝶见到了青儿，认出她是可莹的贴身宫女，便笑着说：“安乐公主那里新得了一批贡瓜，邀请金城公主去尝尝。”

“稍候，我去禀公主一声。”青儿匆匆走到可莹面前，将这番话说给了可莹听。

此时，可莹正坐在宫苑的葡萄藤下，摇着扇子乘凉。天气炎热，她也想到处走走，于是瞬间将淑妃的警告抛到九霄云外。

“青儿，赶快为我梳妆，我这就去。”可莹笑吟吟地答应了。她其实对安乐公主有几分好奇，毕竟她跟自己同龄，而且自己至今都未曾和安乐公主谋面呢。

梳妆打扮整齐，可莹乘上了轿辇。轿辇经过门口的时候，顾轻羽带剑想要跟上去。

“等一等。”粉蝶皱了皱眉头，“金城公主，你带着侍卫，会吓坏安乐公主的。”

可莹回头看了一眼顾轻羽，他就站在轿辇后方，右手放在腰侧剑柄之上，正用那双黑曜石般的眼睛看着她。

“保护金城公主是我的职责。”顾轻羽执意要跟着。

粉蝶不悦：“安乐公主向来不喜欢刀剑，等下万一吓病了，这不就成了金城公主的责任了吗？”

“那顾侍卫就不用跟着了。”可莹也觉得有道理，她没看到粉蝶眼中一闪而过的得意。

轿辇抬着可莹，晃悠悠地往安乐公主所住的宫室方向走去。到了地方，可莹扶着青儿的手下了轿辇，往宫室里走去。粉蝶忙走到前面，谄媚地道：“奴婢先进去通传一声。”

“好。”

粉蝶进了宫室，并没有通传，而是对守门的几名宫女说：“皇后娘娘要来，你们别打扰了，赶紧退下吧。”

因为粉蝶是皇后娘娘宫里的人，那几名宫女也没有怀疑，赶紧退了下去。粉蝶诡秘一笑，偷偷地躲到大红宫柱后面。

可莹进入宫室的时候，看到的就是空无一人的情景。她疑惑地扭头问青儿：“这里怎么没人？”

青儿摇头："难不成，安乐公主还在午睡？"

"总该有守宫的宫女吧？"可莹施施然走进宫室，掀开垂挂的纱幔。纱幔后面是一间寝室，地上放置着两只铜鹤，鹤嘴里吐出袅袅香雾。在那铜鹤旁边，放置着一座梳妆台，矮凳上坐着一名少女，背对着可莹。

可莹猜测这位应该是安乐公主，于是轻声唤道："公主？"

安乐公主猛然回头，脸上的一块黑色疤痕触目惊心。可莹吓得后退两步，青儿则惊叫出声。

"谁让你们进来的？"安乐公主双目几乎喷火，怒视着可莹，"来人，给我来人！"

立即有数名宫女进来，将可莹团团围住。"大胆！你竟然敢私闯安乐公主的宫室！"

青儿忙辩解说："我们不是故意的，之前已经派人来通传了。再说，这位也是公主，刚入宫的金城公主。"

"金城公主？"安乐公主的眼中顿时闪出泪光。她用颤抖的手指抚上脸颊，"一定是我毁容后，父皇不喜欢我，才会动了收养宗室贵女为公主的念头。"

可莹心头一沉，知道青儿的话没有起到任何作用，反而触到了安乐公主的痛处。她当即行了一礼："这件事是我不对，还请安乐公主息怒。"

"息怒？"安乐公主横眉冷目地说，"把她给我关起来！谁来问，都说没见过金城公主！"

宫女们麻利地将可莹和青儿推到一座偏僻的侧殿里，然后在门外落了锁。青儿带着哭腔问："公主，现在怎么办？"

"还能有什么办法。"可莹想起顾轻羽的警告，悔不当初，"原来这一切都是有深意的，宫女们貌丑，安乐公主不肯点灯……都是因为毁容啊！"

更糟糕的是，她撞到了刀口上，现在连通知淑妃的机会都没有。

"可是，就这样坐以待毙？"青儿去扒拉窗子，却发现窗扇都被人从外面钉死了。

可莹叹气："现在只能祈祷顾轻羽来救我们了。"

话音刚落，外面就响起了安乐公主尖锐的声音："不会有人来救你的！"

可莹太阳穴突突地跳，看到门扇上映出了安乐公主窈窕的身影。门锁打开，安乐公主推开门，冷冷地盯着可莹。

"就算你是安乐公主，杀人也是要被追究的。"可莹硬着头皮说。

"我不杀你。"

"那你是……"可莹拉长了尾音，眼睛往门口处瞟，在计算逃走的路线。安乐公主一挥手，身后涌出众多宫女堵住了门。

可莹绝望了。

"我不杀你，我要你变得和我一样。"安乐公主抬了抬手，身后一名宫女立刻端上一个托盘，托盘里放着一把闪着寒光的匕首。

可莹睁大眼睛。

安乐公主该不会是……

"把自己的脸划花，我就放你走。"安乐公主命令宫女将匕首送到可莹面前。可莹犹豫了一下，深呼吸一口气，将匕首拿起来。

"好。"

"你答应了？"安乐公主有些不敢相信自己的耳朵。

可莹点头："和命比起来，美貌算什么？反正我这辈子就算是个丑女，我也是公主。"

安乐公主愕然："你倒是想得很明白。"

可莹耸了耸肩膀："当然啦。"说着，她就将刀尖抵在自己的脸上。青儿吓得一把抱住她的腿："金城公主，万万不可！"

笨蛋！

可莹低下头，朝青儿挤了挤眼睛，暗示她准备逃。青儿怔了怔，下意识地将可莹的腿放开，就在这千钧一发的时刻，可莹突然抄起匕首，向面前的宫女刺去！

"啊！"宫女吓得抱头蹲在地上。

“快保护安乐公主！”宫女们忙挡在安乐公主面前，可也只是不得章法地挤成一团。因为安乐公主毁容后就拒绝让侍卫靠近自己，所以这会儿身边连个会武功的人都没有。

可莹趁这个机会，拉着青儿一路逃了出去。她们穿过长廊，跑得气喘吁吁。青儿边跑边说：“公主，这下得罪了安乐公主怎么办？”

“还能怎么办？保住脸就不错了。”可莹一把将匕首甩了出去。

就在这时，身后传来一阵嘈杂的脚步声，还有安乐公主气急败坏的喊声：“都给我追，别让她跑了！”

糟了！

可莹连忙加快脚步，谁知越是着急越是出错，突然脚下一绊，她重重地摔倒在地。青儿也好不到哪里去，在地上滚了一圈，抬头看了看后面：“公主，她们追上来了！”

“顾轻羽，我命令你赶快来救我！”可莹绝望之际，大喊了一声。

喊声刚刚消散在空中，她就感觉廊檐下落下一道白影，如鸹鸟般缓缓落在她的面前。可莹怔然抬头，看到顾轻羽正站在自己面前，面色沉静如水。

他长身玉立，气质卓然，果真是翩翩公子。

安乐公主也在此时赶到，看到顾轻羽，整个人都愣住了。她呆呆地望着顾轻羽俊逸非凡的面孔，喃喃地说：“居然……有如此神仙似的人物？”

第三章 世有公子类谪仙

神仙？

可莹抬头又打量了一下顾轻羽，白衣少年，腰配青铜剑，哪里是神仙了？这分明是她的侍卫！

“安乐公主，本宫的侍卫在此，你还敢造次吗？要不然，咱们闹大了，去皇上面前评评理！”可莹赶紧从地上爬起来，拿出了公主架势。

安乐公主一句话也没说，只是望着顾轻羽，忽然脸色绯红，扭过身子。可莹有些发蒙，回头看顾轻羽：“安乐公主什么意思？”

“走吧。她不会再伤害你了。”顾轻羽转身就往外走。

可莹忙跟上去，边走边回头。她看到安乐公主偷偷地扭过头来看顾轻羽，还小心翼翼地捂住脸上那块伤疤。

不知道为什么，可莹突然心疼起来。

都是二八少女，都是天家公主，可是安乐公主的青春似乎很早就结束了。她守在自己的一方小天地里，独自舔着伤口生活。

回到自己的宫中，可莹才松了一口气。

“那个粉衣宫女肯定有问题，咱们一定要查查她是谁。”青儿一边为可莹端来茶水，一边义愤填膺地说。

“好了，既然她用了计谋，这会儿是不可能轻易出现了。”可莹喝了一大口茶水，忽然想起了什么，“顾侍卫这次护主有功，赏白银一百两。”

顾轻羽面无表情：“我不要钱。”

“那你要什么？”

“我要公主你，帮我查我的身世。”顾轻羽从袖中掏出那块绣着回纥乐谱的布。他略一犹豫，将自己想要入宫的原因说了出来。

可莹听得目瞪口呆，也有些难过。

她原本以为这天下只有她一个可怜人，爹不疼、娘早亡，没想到可怜人多的是……

“说吧，你要我怎么查？”

“先从这乐谱入手查，看看都和谁相关。”

可莹点头答应：“可以，我明天就去教坊里一趟，问问他们这乐谱出自谁手，宫里谁最喜欢。”

顾轻羽感激地说：“多谢公主。”

他眼中神色终于柔软，将他冷冽的气质冲淡了许多。可莹摆了摆手：“你不用谢我，如果今天不是你，估计我的脸早就花了。”

青儿歪着头问：“就是不知道安乐公主的脸，怎么会成了那样。”

顾轻羽摇了摇头，也有些不解。

可莹叹了一口气：“不管怎么说，今天真是万幸。”

她望向幽幽的烛火，忍不住眼角酸涩。在入宫前，她就听说这皇宫里波诡云谲，步步惊心，稍有不慎就会万劫不复。今日这番凶险的经历，果然印证了那些可怕的传闻。

这一夜，可莹在床上翻来覆去，好一阵子才沉沉睡去。

翌日，可莹在雀鸟的啁啾声中醒来。青儿服侍她起了床，帮她梳洗一番后，可莹就出了宫。

教坊掌管宫中声乐，所以还未到门前，可莹就听到一阵悠扬的乐曲飘来，清脆的声音像是编钟发出的。

“青儿，准备的东西呢？”可莹问。

青儿忙从袖中掏出一件物事，那物事用锦帕包裹。打开锦帕，里面放着一枚青梅。

可莹将青梅放在口中，这样能够保持口气清新，加上和煦温暖的笑容，更容易撬开别人的话匣子。

她优雅地走进教坊，掌乐主管忙上前迎接：“见过金城公主。”

“平身。”可莹打量了一下四周，“你们这里，最懂乐谱的人是谁？”

掌乐主管笑着说：“回禀公主，自然是下官。下官在这教坊待了十年，精通民乐和宫乐。”

“这样啊……”可莹从袖中掏出顾轻羽给她的那份乐谱，“那你可认识这份乐谱？”

掌乐主管看了看乐谱：“公主，这乐谱是回纥传进来的。”

“回纥？”可莹吃惊。

她脑中立即回旋过几个念头：顾轻羽是回纥人？

“你确定吗？”可莹问道。

“我确定，还能帮公主把这首曲子演奏出来呢。”掌乐主管说。

可莹想了一下：“那你知道这首曲子的来历吗？宫中都是谁喜欢这首曲子呢？”

“不知道来历，宫中也无人喜欢这首曲子。”

可莹追问：“你确定？”

掌乐主管笃定地回答：“下官自然确定，十年里，宫中无人演奏此曲。”

可莹无奈，只好作罢。

她带着满腹疑问走出教坊，在心里打了无数个问号。掌乐主管是肯定不会骗她的，那也就是说，顾轻羽的身世彻底成了一个谜。

仅凭一份乐谱，能知道些什么呢？

回到自己宫中，可莹将得来的消息告诉顾轻羽，他果然眉头紧锁。

“只能得出，这是回纥的乐谱……可是，大唐和回纥已经很久没有往来了。”顾轻羽声音沉郁。

可莹点了点头：“也许，这份乐谱的主人，是回纥那边来的舞女？”

“不可能！舞女不能留在宫中，更不可能将这份乐谱绣在我的襁褓上！这份乐谱对于我的身世来说，是一个重要的证物。”

“说的有道理，可是现在线索太少了。”可莹仰望着天空，“尤其是在这步步惊心的深宫里，更是难查啊。”

青儿忙打断了可莹的话：“公主，别说丧气话。皇上和淑妃都特别疼爱公主，哪里就步步惊心了呢？”

“也是。”可莹这样说着，忽然右边眼皮突突地跳。

紧接着，她就看到一名宫女施施然走进了宫门。那宫女极为丑陋，脸黑如炭，身材魁梧，向可莹一拜："见过金城公主。"

"你是？"

"我是安乐公主宫中的宫女。"那宫女一笑，"安乐公主想请金城公主去用膳，她亲手挖出了前年埋的梨花酒。"

可莹顿时毛骨悚然。这是黄鼠狼给鸡拜年，没安好心啊！

"咳咳咳！"可莹剧烈地咳嗽起来，故作虚弱地往青儿身上一靠，"青儿，我忽然觉得头痛……"

她也不算是说谎，只要一想起安乐公主要毁她的容，就觉得头痛欲裂。

那宫女面露犹豫："金城公主……"

"公主无碍，我们马上就去安乐公主那里。"顾轻羽突然开口说。

宫女欢天喜地地说："那我就在宫门口等候金城公主。"说完，她就转身往宫门外走去。

可莹惊得目瞪口呆："顾轻羽，你凭什么擅自帮我答应？"

"她可是安乐公主，你拒绝了她，正好给皇后留了机会。咱们要去！"顾轻羽字正腔圆地回答。

可莹无奈，心里也知道他说的没错。嫡庶有别，安乐公主的身份要高于她这个金城公主。

"青儿，从我库房里拿出最好的一匹丝锦，我要给安乐公主当礼物。"可莹吩咐。

"是。"

不多时，青儿准备妥当，可莹带着青儿和顾轻羽往安乐公主的宫室走去。她想起上次有惊无险的经历，心还在怦怦直跳。

"公主，别紧张，有我在。"顾轻羽在旁边轻声说。可莹回头看他，发现几天的宫廷生活，让顾轻羽看上去更加英武不凡，心里终于安定了几分。

二

到了安乐公主的宫殿，可莹发现这里三步一岗，五步一哨，庞大的宫室像一个巨大的牢笼，正等着吞噬她。

她定了定神，走进宫室，正看到安乐公主戴着面纱坐在琉璃塌上。可莹笑着见礼道：“金城见过安乐公主。”

安乐公主半晌没动，也没吭声。

可莹怔了怔，回头看身后的顾轻羽。顾轻羽半跪在地上，他身穿黑色侍卫服，衣领腰封都用金线走边，看上去比昨日更加挺拔英俊。可莹不知道面纱后的安乐公主是何种表情，总之安乐公主半晌没有说话。

这是再一次被顾轻羽的谪仙气质所震撼？

可莹胡乱猜测着，又说了一遍：“金城见过安乐公主！”

“公主，公主！”宫女低声提醒安乐公主。

安乐公主这才如梦初醒，亲亲热热地说：“妹妹，你可来了，快坐。”

“公主客气了。”可莹向安乐公主行礼。安乐公主忙虚扶她一把，让她和顾轻羽都坐下。

安乐公主表现得十分自然，就像昨天没发生那场闹剧一般。可莹也不多说，老老实实地在榻上坐着，等着安乐公主发话。

“你刚入宫，我这个当姐姐的都没和你好好热络热络。正好父皇赐了我几道菜，我就想到妹妹了。”安乐公主语气和婉，面纱微微晃动。

宫女们走上前，在可莹面前布菜，还为她斟上梨花酒。顾轻羽面前也是同样丰盛，只是没有梨花酒。

“妹妹，让我们一同举杯。”安乐公主举起杯。

可莹讪笑：“姐姐，我酒量不佳，这一杯能不能让我的侍卫替我喝？”

“不行！”安乐公主突然语气急促起来。随后，仿佛意识到了什么，忙掩饰说，“这酒名贵无比，岂能随便赐人？”

“既是如此，那我恭敬不如从命了。”可莹笑盈盈地举起酒杯，以宽大的袖口遮挡。表面上看去，她是在饮酒，实际上，可莹偷偷地将酒水倒在衣服上。

安乐公主热情地说："妹妹，吃菜吧。"

可莹答应，拿起筷子吃了几口菜。不过，她每吃几口，都会以袖遮面，装作用手帕擦嘴。实际上，她将食物全都吐在手帕上偷偷丢掉了。

顾轻羽坐在她旁边，目睹了全过程，忍不住嘴角弯起，露出淡淡的笑意。

"妹妹，你这侍卫和你真是形影不离。"安乐公主突然发话。

可莹忙回答："他是我从王府里带过来的，自然要比寻常宫人亲厚一些。"

"就是不知道他若是和父皇的御林军比武，谁更胜一筹呢？"

可莹顿了顿，才回答："当然是御林军武功高了。"

"那不一定。"安乐公主伸出手，向旁边站着的宫女一挥手，"算算这个时辰，御林军也该巡视到这里了吧？你出去随便喊个武功高强的，让他和顾侍卫比试比试。"

可莹没想到安乐公主来了这么一出，忙向顾轻羽看去。顾轻羽不动声色，起身对安乐公主道："属下领命。"

片刻，宫外走进一名腰配长剑的御林军侍卫。那侍卫长年习武，身姿修长，双眼如炬，周身散发着一股凌人气势。

"末将见过两位公主！"侍卫拱手行礼，"听闻安乐公主不喜欢侍卫驻宫，不知道喊末将进来所为何事？"

安乐公主发出一声轻笑："本宫想让你和这位顾侍卫比剑，看看谁的剑法更好，也算是给本宫添个乐趣。赢的那一方，本宫重重有赏。"

"原来如此。"侍卫一听有赏赐，眼中立即放出非同寻常的光彩。

"顾侍卫，开始吧。"安乐公主宣布。

顾轻羽跃到那侍卫面前，抽出手中长剑，和他缠斗起来。那侍卫当仁不让，剑剑凌厉。两剑在空中相击，发出铿然巨响。两个人实力不相上下，一个如游龙，一个如猛虎，不是争霸，胜似生死之战！

事情发展到这个地步，已经非常清楚了。可莹确定，今天的这顿晚膳，就是一场鸿门宴。

想到这里，她全身绷紧，却只能观战。

两方比剑不相上下，比到最激烈的时刻，侍卫忽然一剑刺来，剑走偏锋，直直地向可莹刺来！

可莹只觉得眼前白光一闪，那剑尖就向自己的脸颊擦过来，就在这千钧一发的时刻，顾轻羽运转手腕，将那剑尖挡住，然后逼着侍卫再和自己缠斗。

“公主！”青儿扑上来，抱住可莹瑟瑟发抖，“你没事吧？”

“我没事。”可莹拍了拍青儿的手背。她现在才开始后怕，如果顾轻羽反应慢上一点儿，她的脸就毁了。

她抬眼看安乐公主，发现安乐公主只是静静地旁观，并未对侍卫进行苛责。可见，今天这场比剑根本就不是即兴而起，很可能是安乐公主提前设计好一切，然后安排顾轻羽和她入了这个局，目的就是让那名侍卫伤害自己。

顾轻羽终于将那名侍卫打败，击飞了他手中的长剑。侍卫跪地向安乐公主道：“公主，属下不才，丢了公主的面子。”

“什么面子不面子的，只是比比罢了。我竟是没想到顾侍卫有这样的本事。”安乐公主慢悠悠地说，突然话锋一转，“不如妹妹把他送给我，如何？”

可莹笑着看向安乐公主。

“公主，你不能把顾轻羽给安乐公主。”青儿小声地嘱咐。顾轻羽也紧锁眉头，不情不愿的样子。

可莹不慌不忙地站起来，张口想要回答，忽然抚住自己的额头：“哎呀，我的头好晕！”

“公主，你怎么了？”顾轻羽赶紧过来扶住可莹。可莹赶紧装作晕倒，歪在顾轻羽的怀里。

顾轻羽道：“安乐公主，恐怕金城公主吃了什么不合胃口的食物，属下要赶紧把她送回宫请太医。”

说完，他就抱着可莹转身离开，青儿也赶紧跟上。

安乐公主惊讶地从座上站起来，让布菜宫女都退下，只留了一个贴身宫女。她惊恐地问那宫女：“她……她怎么会晕倒？”她撩开面纱，露出了那张带着伤疤的脸庞。

这张脸虽然已经破相，但是那双眼睛却是乌黑深邃，像两颗黑曜石。

一旁的宫女赶紧跪下：“安乐公主，皇后娘娘给的药，奴婢确实没有下到酒里啊！”

“那她怎么会晕倒？”安乐公主声色俱厉。

宫女颤巍巍地说：“安乐公主，皇后娘娘给的可是毒药……可是看金城公主并不像中毒的样子，倒像是醉酒。”

“是吗？”安乐公主跌坐在铺着软毡的座上，呆呆地说，“皇后送来毒药，说是能立即除去眼中钉。可是我总觉得……于心不忍。”

“公主心善。”

“心善什么？我不过是一个可怜虫。”安乐公主的眼中浮现出泪光，“我已经是一个丑八怪了，谁会喜欢这样的我……”

她没有说完，而是蹒跚着向厢房里走过去。才十几岁的年纪，脊背就已经略微弯曲，黑发中也夹杂着几根银发。

宫女擦起了眼泪：“可怜的公主……”

三

顾轻羽抱着可莹，三步并作两步地回了宫。

一进宫，太医就闻讯赶来，隔着床帘给可莹把脉。皇帝和淑妃也听闻此事，匆匆赶过来。

“太医，金城公主怎么会突然晕倒？”皇帝眼中急切万分。太医忙回答：“皇上莫急，公主可能是不胜酒力，加上有些贫血，下官开些醒酒汤，再开几副补血的药给公主补补身体，就无碍了。”

“快去准备。”皇帝催促。

可莹闭着眼睛躺在床上，听着皇帝这番话，心里忽然非常感动。虽然皇帝不是自己的亲生父亲，但他是真真正正疼爱自己的。

“皇上，公主这边有臣妾守着就行了，您政务繁忙，还是以国事为重。”淑妃盈盈拜倒，向皇帝提议。

皇帝颔首：“那好，辛苦淑妃了。”

等皇帝离开，淑妃才起身，在床边坐了下来。她掀开床帘，捏了捏可莹的鼻子：“你还要装睡吗？”

可莹睁开眼睛，不好意思地说：“淑妃娘娘，你都知道了。”

“一听到你是在安乐公主那里晕倒的，我就赶过来了。我明明嘱咐过你，不要接近安乐公主，你为什么不听话？”淑妃半是玩笑，半是责怪。

可莹挠了挠后脑勺，看了一旁站着的顾轻羽一眼：“我也是太大意了，才会看到安乐公主脸上的伤疤。多亏有顾侍卫，不然我要被安乐公主整死了！”

“你都知道了？”淑妃吃惊。

可莹点头。

淑妃表情沉郁：“安乐公主不喜欢别人比她美，毁容后更是这样。皇上觉得对她有所亏欠，更不会去管教她。”

可莹歪着头问：“淑妃娘娘，安乐公主是怎么毁容的。”

淑妃拔下头上的一根银簪，挑了挑灯火，才说：“说来话长了，那都已经是陈年往事了。可惜，可惜……”

"淑妃娘娘，您就告诉我吧，也许我能帮上忙呢？"

淑妃望着可莹期待的眼神，点了点头说："那是五年前的一次狩猎，安乐公主随皇上一同打猎。可是谁能想到，侍卫里混入了一名刺客，要行刺皇上。安乐公主距离刺客最近，当时就扑出来为皇上挡刀。刀剑无眼啊，安乐公主的脸就这样被……"淑妃没有说下去，但是可莹已经能够猜到大概了。

可莹怔住了，半晌没有说话。

安乐公主虽然胡闹了一些，但是本质不坏。如果不是孝顺，她脸上也不会落下一道疤。

"好了，以后的事情以后再说，你就休息吧。"淑妃让可莹躺下，点了点她的额头。

淑妃离开后，可莹呆呆地坐在床上。她思绪万千，缥缈不定，直飞上九天翱翔，最终做了一个决定。

"什么，你要帮安乐公主？"青儿听到可莹的计划后，大吃一惊。顾轻羽也惊讶地挑了挑眉毛。

可莹攥紧拳头，点头说："对！安乐公主很可怜，我要尽力去帮她！"

"可是……"

"没有可是！"可莹拍了拍顾轻羽的肩膀，"你在宫里比较熟，赶紧带我去藏书阁，我要翻遍古书。"

顾轻羽冷漠地扭过头："我只对自己的身世感兴趣。"

"你拉拢了安乐公主，让她帮你查身世，岂不是更加得力？"可莹循循善诱。顾轻羽果然眉头舒展了一些。

可莹趁热打铁："后宫的教坊主管来这里才十年，有些事自然是不知道的。可是安乐公主已在这深宫里生活了十七年之久，说不定你身世的秘密，就埋藏在十几年前呢。"

话音刚落，顾轻羽便拱手道："明白了，那公主随我来，我这就带路去藏书阁。"

可莹掩唇轻笑，跟着他往外走去。

宫里的藏书阁上下四层，藏书浩如烟海，每一层分别是经、史、子、集四类。而医书则在第三层，也就是子类。

阁楼门口有士兵把守，为了躲避耳目，顾轻羽悄然运用轻功，背着可莹直接飞上三楼。他身轻如燕，悄无声息地从窗户飞跃进去，将可莹放在地上。

“公主，我在窗前守着，你尽快看。”顾轻羽稳步走到窗前。

可莹点头，在书架前翻找着医科书籍。这些书籍有的是上百年前留下的，上面积累了厚厚的灰尘。可莹拎着一盏八角宫灯，小心翼翼地翻找着，终于在角落里找到了一本厚厚的医典。

她将灯笼放在地上，开始翻看医典，可是查遍所有目录，都没有找到美容美肤的内容。

功夫不负有心人，就在大半夜都过去的时候，可莹终于找到了一本西域传过来的医书。

她强撑着困意，终于在最后一章找到了一段图文并茂的美肤知识。

“西域有芦荟，取之磨成汁液，每日涂于面上患处，便可以褪去疤痕、瘢痕等印记。”

可莹将这段话读出来，兴奋地在原地转了个圈。她提着灯笼跑到窗前：“顾轻羽，我找到了！”

顾轻羽忙举起一根手指，放在唇前做了个噤声的手势。可莹忙捂住嘴，无声地笑了。

“找到就好，咱们现在就回去。”顾轻羽仍然背着可莹，从窗户跃出，悄无声息地顺着宫墙走到藏书阁外，才跳落在地。

回到宫中，天色已经是蒙蒙亮。可莹一夜未睡，困得哈欠连连。青儿在宫里等候她回来，也是一夜未眠。

“你们都辛苦了，不过辛苦没有白费，我查到治愈安乐公主脸上疤痕的办法了。”可莹从怀里掏出那本西域医书，翻开给顾轻羽和青儿看。

青儿为难，抓了抓脸颊：“这方法好是好，可是咱们去哪里弄芦荟呢？”

“西域路途遥远，咱们也不可能为了一棵植物去西域。”

“安乐公主自尊心那么强，咱们一个说话不当心，她可能会更生气。”顾轻羽也有些底气不足。

可莹顿时泄了气：“这么说，咱们一晚上还是白忙活了？”

“公主，咱们现在没办法，不代表以后没办法。只能说，走一步，看一步吧。”青儿安慰可莹。可莹无奈，颓然点点头。

可莹和安乐公主两次都闹得不愉快，很快，皇帝听说了此事。他明白安乐公主脾气大是因为毁容，他想要安慰安乐公主，却不知道该如何去做，最后也只是赏赐了许多金银珠宝给她。安乐公主并不开心，她只想要一张完美无缺的脸，而不是财富。

可莹再也不敢随意在宫里到处乱走。时日一长，她顿生无聊烦闷之感。所幸淑妃经常来看她，带了不少书籍。可莹平日里读读书，写写字，倒也打发了不少时间。

顾轻羽平日里除了到处巡逻，就是暗地里探查自己的身世。但是因为在宫中人脉稀少，他的进展几乎为零。

四

可是事情很快就迎来了转折。

一日，顾轻羽巡逻回来，见了可莹就急急道："公主，有办法了！吐蕃王子来大唐觐见，听闻带了许多西域的特产，应该会有芦荟。"顾轻羽脸上带着微微的笑意。

可莹两眼顿时恢复了神采。她快步往外走去："吐蕃王子现在是不是住在宫里？快带我去见他！"

一想到可以帮安乐公主恢复容貌，可莹就觉得心情愉悦。她和顾轻羽赶到吐蕃王子所在的宫院时，正好看到吐蕃王子在弹胡琴。可莹给青儿丢了个眼色，青儿就上前说："吐蕃王子，金城公主驾到！"

吐蕃王子一愣，停了胡琴，将右臂放在胸前，向可莹弯腰行礼："见过金城公主。不知公主驾到，有何贵干？"

因为长期生活在高原，所以吐蕃王子皮肤黝黑，眉毛粗长，体格魁伟。他的眼睛像天上的太阳那样和煦，炯炯有神。

可莹微微笑着说："听闻吐蕃王子从西域来，带了不少特产，本宫想问问有没有一种植物，芦荟？"

"芦荟？"吐蕃王子一愣，表情冷了几分，"那是我准备高价售卖的，暂时不在贡品之列。"

可莹心里安稳了几分。能用银子解决的问题，都不是问题。她继续问："那请问王子殿下，你打算卖多少钱？本宫买了。"

"多少钱都不卖。"

可莹和顾轻羽面面相觑，都不知道吐蕃王子葫芦里卖的什么药。

吐蕃王子桀骜不驯，背着手在原地走了几步："我知道你们大唐最富庶，但我也不是任由你们予取予求。我不打算给皇室的东西，你出多少银子都免谈！公主请回吧！"

可莹没想到吐蕃王子居然是这样一块硬骨头，一时间不知道该如何作答。顾轻羽将右手放在剑柄上，冷冷地问："那怎么做，你才愿意给我们？总不可能一点儿余地都没有吧？”

吐蕃王子上下打量了一下顾轻羽：“看你倒是个英雄。这样吧，金城公主若是能做到我们做不到的事，那我就把芦荟送给她，一锭银子都不要。”

“你们做不到的事？”可莹反问。她略一思忖，心里顿时有了主意。

可莹施施然走上前，看着吐蕃王子的眼睛说：“本宫是金城公主，能做到你们做不到的事情——那就是隔物读字！”

“隔物读字？”吐蕃王子和随从们相视一笑，“不可能！”

“我能！”可莹吩咐，“给本宫准备纸笔，还有一个信封！”

随从们准备好桌案和文房四宝，然后等待可莹发话。可莹指了指纸笔：“你随便在纸上写个字，然后放到信封里，我不需要拆开信封，就能看到你写了什么字。”

吐蕃王子哈哈大笑：“有意思，不过我认为你没这个本事。”

“有没有这个本事，试过了才知道。”可莹转过身，示意自己不会看吐蕃王子写什么字。顾轻羽和青儿也转身，只是顾轻羽还是有些担心，低声问可莹：“你没说大话吧？”

可莹白了他一眼：“我李可莹的字典里，没有‘大话’这个词。”

不多时，吐蕃王子在纸上写下一个字，然后装到信封里。他走到可莹面前，将信封递给她：“好了，你必须要在一炷香之内，说出我写了什么字。”

“不需要那么久。”可莹将信封举起来，放在自己额头上。她闭上眼睛，过了一阵子才睁开眼睛。

吐蕃王子一副等着看笑话的表情：“说吧，我写了什么字？”

可莹淡淡一笑：“你写了一个‘香’字。”

她拆开信封，抽出里面的纸，在众人面前展示。那纸上面的字正是“香”字！顾轻羽惊呆了，忘记了鼓掌。其他人更是目瞪口呆，纷纷竖起了大拇指。

“金城公主真是……神人啊！”随从纷纷向可莹下跪。

可莹弯起嘴角，向吐蕃王子伸出手。吐蕃王子心领神会，让随从取出芦荟用木盒子装好，递给可莹：“能为公主效劳，是我西域之幸。”

“谢过王子，以后如有报答的机会，我定会答谢王子。”可莹道谢。她转身，带着青儿和顾轻羽离开。

刚一出门，青儿就拉住可莹的袖子，叽叽喳喳地问：“公主公主，你到底用了什么法子看到字了啊？”

顾轻羽也好奇：“没想到关键时刻，你也是有两把刷子的。”

可莹笑嘻嘻地展开手心，只见她手心里躺着一盒唇脂。“所有的奥秘，都藏在这盒唇脂里。”

“为什么？”青儿十分不解。

“这是淑妃娘娘送我的唇脂，是一种无色透明的油脂。我先偷偷在手上抹一点儿，等拿到信封之后，将油脂涂在信封上。纸张沾油之后，就会变得透明。我再将信封举在额头上，就自然看到里面的纸上写的什么了。”

青儿投来佩服的眼神：“公主，你太棒了！”

顾轻羽也露出了微微笑意。这一笑，让他原本冰冷的气质顿时柔和了许多，他脸部的线条也没有原本那样冷峻了。

可莹一行人回到宫里，赶紧着手制作芦荟汁。

青儿先割了一部分肉叶下来，磨成黏稠的汁液，装在小瓶子里保存妥当。可莹想了想，觉得还是让顾轻羽亲自送给安乐公主比较好。

从安乐公主对顾轻羽的态度来看，她对他还是挺欣赏的。这一招，就叫作“美男计”！

顾轻羽也没有推托，答应了这份差事。看着他转身离去的背影，可莹露出了欣慰的笑容：“这下好了，安乐公主肯定很开心。”

“公主心善，安乐公主以后一定会和公主成为姐妹。”青儿也附和着说。

可莹一想到那个和乐融融的画面，就觉得这皇宫里的生活不那么无聊了。可是过了一个时辰，顾轻羽还没有回来。

“这个顾轻羽，不会送完芦荟汁，去哪里闲逛了吧？”可莹坐在琉璃塌上，边摇纨扇边寻思着。

就在这时，外面忽然闯进一个守宫宫女，惊慌失措地大喊：“不好啦，安乐公主带人来兴师问罪了！”

可莹头皮一麻：“怎么了？”

“安乐公主在宫里又哭又闹，说是你看不起她，带着她的侍卫来闹事了！”守宫宫女带着哭腔说。

青儿吓得魂飞魄散：“公主，咱们赶紧去叫淑妃娘娘吧！”

“来不及了。再说，淑妃娘娘也不能保我一辈子。”可莹霍然起身，往小厨房的方向走去，“你们什么都不要说，一切我来扛！”

可莹并不是第一次见这种场面。她生在王府里，见惯了侧王妃趁邠王外出的时候惩治下人的场景。那些下人没有过错，只因侧王妃看不顺眼，就被痛打一顿。等到邠王回来，尽管他会责怪侧王妃不该如此苛责，但是打都打了，那些下人也就能得些用来疗伤的银两。

所以，她的第一反应是，绝对不能坐以待毙，也绝对不能寻求外援。最先来禀报的是守宫宫女，而不是顾轻羽。这说明他一定被安乐公主身边的侍卫缠住了。这个时候，去喊皇上或者淑妃娘娘，都来不及了。

如果自己不想办法，就只能吃眼前亏。

思及此，可莹加快了步伐，飞快地跑到小厨房门口。

皇宫里有御膳房，但是皇子、公主和妃子们各自的宫院内都设有小厨房，专供他们日常的餐饮。

小厨房的外面有一棵桃树。可莹从树上找了一些树胶，不管三七二十一，通通抹到自己脸上，她再拿出一盒胭脂，然后涂在树胶上。红色汁液浸润到树胶里，看上去像是一道令人惊心动魄的伤疤。

刚做完这一切，可莹就听到安乐公主气势汹汹的声音：“来人啊，既然找不到金城公主，就把这些刁奴都打三十大棍！”

可莹心头一紧，赶紧走出小厨房，大喝一声：“有什么事冲我来！他们是无辜的！”

宫院里，安乐公主依旧戴着面纱。在她身后，有五六个身强力壮的侍卫。而青儿她们正跪在地上瑟瑟发抖。

可莹一看到这个场景，心里忍不住发怒。但她强忍怒气，装出一副凄惨苦闷的样子，缓缓走了过去。

她走近了之后，安乐公主才倒抽一口冷气：“你……你的脸怎么了？”

可莹的脸上，是她用树胶和胭脂做的一道假伤疤。可莹赶紧用手捂住“伤疤”，泪凝于睫，凄凄惨惨地说：“姐姐，妹妹前几天从树上掉下来，不慎被划伤，估计会留疤……”

“这么严重！有没有看太医……”安乐公主说到一半，才记起自己是来兴师问罪的，顿时有些尴尬。

可莹继续演戏：“没敢叫太医。我本来就不是皇宫里长大的，如果破了相，只会被人厌弃！姐姐可一定要为我保守秘密啊。”

安乐公主结结巴巴地说：“我……我肯定不会乱说的。但是，你不能一辈子不见父皇啊！”

“可姐姐也很久没有见皇上了吧？”可莹故意问。

安乐公主尴尬了一阵子，才惭愧地说：“是，我害怕父皇厌弃我，已经很久没有去向父皇请安了。妹妹不要学我，这样只能更伤父皇的心。”

可莹看时机成熟了，忙说：“姐姐，我因为脸部受伤，所以这几天翻遍古书，终于找到了一个西域的秘法，就是用芦荟汁涂抹脸部。没想到，我刚命令顾侍卫给姐姐送去，姐姐就来了……姐姐是来谢我的吗？”

安乐公主小声地说：“我还以为你是在羞辱我……”她回过神来，向可莹一拜，“是我错怪你了，姐姐给你赔个不是！”

“姐姐别客气，咱们以后有什么良方，互相交流便是。”可莹笑盈盈地扶了安乐公主一把。

面纱后的安乐公主惭愧地说：“妹妹，咱们既然和好了，那今日的事就别传出去了吧？不然惊动了父皇，又让他担心。”

可莹巴不得这样，忙回答：“肯定不能让父皇知道，姐姐放心。”

她做的这个假伤疤可坚持不了多久。万一皇上过问，发现她骗了安乐公主，那可是重罪呀！

第四章 富贵如昙易消散

一

这场风波总算有惊无险地过去了。

安乐公主走后，顾轻羽也很快回到了皇宫。他衣衫上有几道口子，显然与人打斗过。

刚见到可莹，他就跪在地上："属下护主不力，让公主受伤，罪该万死！"

"什么罪该万死，这是假的。"可莹见四下无人，赶紧让顾轻羽起来。顾轻羽惊愕："假的？"

"我不这样做，恐怕安乐公主杀了我的心都有。"可莹笑得毫无城府，"其实我明白她的心情，她怕众人离她而去，所以才会如此敏感。"

"可是万一安乐公主的伤疤不能去除，你就要一辈子顶着这个假伤疤？"顾轻羽急了。

可莹耸耸肩膀，发簪的流苏垂在脸颊旁一晃一晃："没关系，那我就陪着安乐公主丑下去。这样她就不会感觉孤单了。"

顾轻羽震惊，怔怔地看着可莹，忽然扭过头，声音有些异样："都怪我，如果不是因为要查我的身世……"

"不怪你，是我答应了你。"可莹摇了摇头。

顾轻羽的脸上第一次出现了茫然无措的表情，他长叹一声："曾经有人问我，若有人欺你、辱你，我当如何？"

"你怎么回答的呢？"

"以牙还牙。"

可莹惊讶地看着这个少年。她没想到，他的心里也会有这样冲天的戾气。

顾轻羽微微笑起来："是你让我知道，还有另一种答案。"

"是什么？"

"那就是以善待人。"顾轻羽十分感慨地道，"如果能够让仇恨终结在我这里，那也许所有人都会幸福一点儿。"

"你能想明白，我很欣慰。"可莹笑起来，心中的阴霾一扫而光。

就这样过了十几日，可莹除了每天去向皇上、皇后、淑妃请安之外，就是照顾那株芦荟。

每当估算着安乐公主的芦荟汁快用完了，她都会磨些新鲜的汁液送去。安乐公主也不再像以前那样反应激烈，反而会派人送来珍奇古玩、美味点心。

可莹继续帮顾轻羽查找他的身世，可是阖宫上下，再也没有挖出任何消息。她有时候甚至怀疑，顾轻羽的身世之谜其实不在皇宫里。

她将这个怀疑告诉顾轻羽，他也有同样的困惑。可是如果他的身世之谜没有埋藏在这深宫里，天下之大，他该去哪里寻找呢?

“你确定，你和这皇宫有关吗？”这日午后，可莹坐在花藤下，摇着手里的纨扇问。顾轻羽面色沉重地点了点头。

“既然你确定，那我们就继续查下去。”可莹下定了决心。

顾轻羽刚想开口回答，身后忽然传来一个娇俏的声音：“妹妹要查什么，我能帮上忙吗？”

可莹循声望去，只见一位绝色少女站在几步开外，身穿华服，正笑盈盈地看着他们。她吓了一跳，不明白为什么有陌生人闯进来，宫女却没有通传。

“怎么了，不认识我了？”那少女走过来，罗袜生尘，灵秀的双眸里充满玩味。

顾轻羽最先反应过来，忙向少女跪下：“见过安乐公主！”

“安乐公主？”可莹大吃一惊。她其实对安乐公主的真面目并没有太深刻的印象，第一次见安乐公主，安乐公主脸上还带着丑陋的伤疤。第二次和第三次见安乐公主，她蒙着厚厚的面纱。以至于如今她真的站在自己面前，自己反而认不出她了。

“是我，妹妹。”安乐公主将可莹的手牵起，“你送我的芦荟很有用，短短一个月，我脸上的伤疤已经消退得差不多了。上一些轻粉，就完全看不出了。”

可莹仔细观察安乐公主的脸颊，果然，那张脸粉嫩细腻，不细看根本看不出曾经有一块丑陋的伤疤。

可莹喜极而泣：“这真是大喜事！那要赶紧告诉父皇。”

“肯定要告诉父皇，可我现在只想感谢你，如果不是你，我可能一辈子都生活在阴影里。”安乐公主感激地看着可莹。

可莹笑呵呵地说：“这只是举手之劳，姐姐不必客气。”

“对了，我刚才听你们说，要查什么事情？我能帮上忙吗？”安乐公主好奇地看向顾轻羽。

顾轻羽和可莹对视一眼，将事情的来龙去脉说了一遍。安乐公主听完，十分震惊：“我大唐居然还有这等事！那块腰牌，你带在身上吗？”

“带了。”顾轻羽掏出那块腰牌，还掏出了那块绣着乐谱的布块。安乐公主仔细端详那块腰牌上的猛虎出林图，歪着头想了半天，也没有想出在哪里见过。不过，她在看到那乐谱之后，忽然轻轻唱了起来。

可莹惊喜地问：“姐姐，你听过这首曲子？”

“这是我很小的时候听过的曲子，但是后来不知道为什么，这首曲子没有人再唱了。”

算一算时间，那时候安乐公主才四五岁，应该不记得太多的人和事。顾轻羽不甘心放弃：“那请问安乐公主，你还记得是何人唱过吗？”

“不记得了，但肯定发生了事故，不然这么好听的曲子，不会被禁止的。”安乐公主说。

可莹心里忽然有了不祥的预感：“你是说这首曲子的主人发生了意外？”

“应该是的。不如这样，我拿着这乐谱去问问皇祖母。”安乐公主笑得天真无邪，“皇祖母是最慈爱的，她肯定会把知道的事情都告诉我。”

“那就多谢公主了！”顾轻羽向安乐公主跪下。安乐公主忙将他扶起来：“行了，我不喜欢别人跪我，再说你们对我有恩，我帮你们，也是尽我的一点儿心意。”

安乐公主突然变得这样亲厚，让可莹始料未及。她原本都已经做好了最坏的打算，以为在这皇宫里会举步维艰。没想到，转机这样快就降临了。

“那就劳烦姐姐了。”

安乐公主温然地笑了笑，伸出一根手指在可莹眉心一点：“还有，下个月就是皇祖母的寿辰了，你要费心想一想送什么贺礼。到时候让皇祖母对你有个好印象，我帮你说好话也有底气。”

“谢姐姐提点。”

安乐公主又在可莹宫里逗留了一阵子，就带着宫女去御书房了。据说，她是要向皇上报喜。

原本喧闹的宫室，因为安乐公主的离开而恢复了平静。可莹细细琢磨着安乐公主说过的话，有些犯愁。

她来到皇宫也有两个多月了，却还没有见过皇祖母。听说太后就是当年叱咤风云的武帝，临朝当政十多年。如今太后体弱多病，常年卧床休养，所以无人敢打扰她，她也不怎么出现在众人面前。

“顾轻羽，你说送什么贺礼比较妥当呢？我其实并不了解太后的喜好。”可莹坐在秋千上，纤纤细足蹬着地面，来回荡着。

顾轻羽尴尬地说：“这个，我还真的不懂。”

可莹这才想起，顾轻羽自幼生活在镖局，他是没有娘亲的，又怎么能够了解女性长辈的喜好呢？

“对不住，我真是口无遮拦。”

“无妨，我没有娘亲，也没有奶奶，这是事实。”

青儿一直在旁边给可莹摇扇子，此时插嘴说：“公主，不如我们送一盆鲜花给皇祖母吧。”

“鲜花会不会太寒酸了？”

“不会呀。”青儿晃了晃手中的扇子，“你想，太后一辈子荣华富贵，什么宝贝没见过，你送她亲手绣制的寿字锦，再送亲手栽植的一盆花，岂不是锦上添花？”

可莹眼神一亮：“这个主意好，就送‘锦上添花’！”

“那我这就去准备。”青儿麻利地说道。可莹点头，催促青儿赶紧去司衣局讨要一匹上等的锦缎来。

青儿勤快，很快就取来了一匹上等的锦缎。这锦缎色彩明丽，如天边云霞那样鲜亮。可莹看了第一眼，就觉得太后肯定会爱不释手。

“太后喜欢孝顺的孩子，只要看到这锦缎上被公主绣满了‘寿’字，肯定会大大嘉奖公主的！”青儿嘴巴像抹了蜜，“我可以帮公主绣字。”

可莹坐在桌边，一边准备绣针等物，一边向青儿嗔怪地翻了个白眼：“我肯定要亲力亲为，怎么能让你代劳？”

“是，亲手绣的才最代表公主的心意。”

可莹编排好丝线，在锦缎上小心地绣下第一个寿字。她在王府的时候，女红功夫可是一绝。可惜李媛媛从来不给她机会展示，总是抢先送给邠王寿锦。可莹为了不和李媛媛的贺礼重样，只好改送其他的寿礼。

现在，她终于有机会给长辈送最好的礼物，尽一尽自己的心意了。除此以外，可莹还让青儿从花圃里挑了一株最大的雪浪牡丹，放到花房里好好栽培。等到太后寿宴那天，就将牡丹和寿字锦一同送给太后。

为了赶制寿字锦，可莹连续熬了几个通宵，眼睛都熬红了。青儿终于看不下去了，缠着可莹去花房逛逛，一是散散心，二是看看牡丹培育得如何。

“也好，上次去看时，牡丹已经有花骨朵了，这次该开了一条缝了。”可莹放下绣针，在青儿的陪同下去了花房。

花房里有专门的花匠打理，这里栽培着各种名贵的花朵。一进花房，各种香气扑面而来，可莹忍不住打了个喷嚏。

抬眼望去，花房里姹紫嫣红，各种名花争相绽放。白的如雪，红的如火，青的如玉，花海如潮。

“见过公主。”一名花匠忙上前给可莹行礼。可莹一边目不暇接地欣赏百花争艳的美景，一边问：“我的牡丹花怎样了？”

“回公主，牡丹花已经开放，到太后寿宴时正好可以开到巅峰。”花匠将可莹引到牡丹花前，“这牡丹花的品种叫作‘玉楼春’，花瓣有百叶之多，层层叠叠，莹白似雪如玉，太后娘娘见了，定会圣心大悦。”

可莹仔细看那牡丹花，虽然只是蓓蕾初绽，但足以窥见绝色。

就在这时，她听到身后传来另一个花匠的声音：“见过皇后娘娘、宁妃娘娘。”

皇后也来了？可莹心头一沉，忙回过身，果然看到一身华服的皇后往这边走来。她身边还跟着一名陌生的女子，应该就是宁妃。

据说这个宁妃家世显赫，其父战功累累，而她刚被选入宫就被封了妃位，所以眼高于顶，除了皇后，谁都不放在眼里。

宁妃生得一副尖酸刻薄的相貌，尖下巴，细眼睛，看到可莹后居然翻了个白眼。

可莹忍住一肚子气，忙向皇后和宁妃行礼。皇后表面上装出一副温和慈爱的模样："金城公主来花房，是想选一盆花卉装点宫室吗？"

"不是，是我想栽培一盆牡丹花送给皇祖母。"可莹恭恭敬敬地回答。

"原来是这样。"皇后看向花匠，"你们一定要按照公主所说，好好培育花卉，好让太后宽心。"

"是。"

可莹和皇后在一起就浑身不自在，道谢后就带着青儿离开了花房。等她们走后，宁妃才哼了一声，对皇后说："娘娘，你看她一口一个皇祖母，喊得多亲热呀！这公主的头衔，原本是媛媛的呢。"

皇后没有了刚才的和蔼可亲，眼睛里怨毒一片："哼，她倒是得意！"

"娘娘，安乐公主现在和她十分亲近，咱们不能让太后再对她青眼有加了。"宁妃凑在皇后耳朵边低声说，"不如，咱们这样……"

皇后听了宁妃的建议，眉头舒展开来。她笑呵呵地摆了摆手，让花匠到跟前来："你给本宫听好了，这株'玉楼春'，到时候你告诉金城公主，就说找不到了。"

花匠为难："这……"

"本宫是一宫之主，难不成你敢违抗懿旨？"

"不敢，小人不敢。"花匠跪在地上，汗如雨下。皇后这才满意地和宁妃对视一眼，飘然离去。

二

可莹对这一切一无所知，她每日都将全部心思花在那幅寿字锦上。功夫不负有心人，她终于在锦缎上绣好了一百零八个寿字。其中中间的一个大寿字，耗费了整整一卷金线。但看到这块寿字锦熠熠生辉，可莹觉得努力没有白费。

太后的寿辰转眼就到了。

这天清晨，天色刚露出蟹壳青，可莹就起床梳洗妥当，来到绣房里，决定好好整理下寿礼。

“皇祖母收到这份贺礼，一定会很开心，对不对？”可莹小心翼翼地将寿字锦叠好放在盒子里。顾轻羽点头称赞：“是的，太后娘娘若是看到这份贺礼，一定能够感受到公主的孝心。”

正说着，青儿匆匆忙忙地从外面进来：“公主，大事不好了！花匠说‘玉楼春’丢了！”

“什么？”可莹大惊失色，“昨天去时还好好的，怎么今天就丢了？”

“我也是这么问的，可是花匠说一夜之间，那牡丹花就不见了。”青儿的声音已经有了哭腔。

可莹皱着眉头，不知道该怎么办才好。宫里的珍珠玉器多的是，但都比不上牡丹花有意义。

“送礼要送双，咱们从库房里拿一只玉如意顶上吧。”可莹无奈。她料定这背后有人下了黑手，但具体是谁，还真的不好说。

三个人忙了一阵子，终于将寿礼都包装妥当，向太后宫中走去。

宫道绵延，两边都是朱红宫墙，衬得这片天地仿佛是一只巨大的黄金鸟笼。可莹走在宫道上，心里七上八下。正胡思乱想，忽然有人从斜刺里冲出来：“金城公主，牡丹花找到了！”

可莹定睛一看，原来是花房里的那名花匠。他手里捧着一只镶金嵌玉的檀木盒：“公主，原来是其他花匠挪动了牡丹花，所以才会一时找不到。我刚找到，不敢多耽搁，就擅自用礼部送来的礼盒装了。还请公主责罚！”

“罚什么，你可帮了我大忙了。”可莹让青儿将盒子接过来，“牡丹花可开好了？”

“开好了，正如公主所料，美得让人心醉。”花匠低下头，掩饰住面容上那抹慌乱。

装着牡丹花的盒子边缘是镂空的。可莹对着缝隙往里看去，果然看到里面有一朵花盛开着。

她让青儿将那对玉如意换下来，然后吩咐顾轻羽：“牡丹花失而复得，你就把这对玉如意送回我宫里吧。”

顾轻羽答应，走了几步，又回头嘱咐：“公主，太后寿宴上，各宫都要去，你可要留心。”

“放心吧。”可莹轻笑。

顾轻羽这才离去。可莹带着青儿，一路来到了太后宫中。

太后因为常年哮喘缠身，所以平日里吃斋念佛，静心修养。一眼看过去，她慈眉善目，笑意温和，可莹顿时对她产生了好感。

太后宫中已经聚集了各宫各院的皇子、公主和嫔妃。安乐公主也在此列，见到可莹，便微笑着点头示意。

“妹妹，你来了。”安乐公主上前将可莹的手牵起，“皇祖母刚还念叨你呢，说宫里添了个金城公主，正好奇你是个怎样的人物呢！”

可莹面露愧色，向太后跪倒：“皇祖母宽恕，本想早点儿来请安，可是听闻皇祖母病中不喜人探望，就没有来叨扰。”

“快起来，让我看看。”太后让安乐公主扶起可莹，命令可莹在身旁坐下。她上下打量了可莹一下：“果真是个俊俏的孩子，以后你就来这里多陪陪我吧。”

“是。”

皇后坐在座位上，看到太后对可莹亲厚有加，眼眸里闪过一丝妒意。她和宁妃交换了一下眼色，宁妃也对可莹投去憎恶的一眼。

“皇额娘说的是，可莹是个乖巧的孩子。听说这次给皇祖母准备了上乘的礼物，咱们的都不敢比。”皇后站起来，故作温良敦厚。

太后果然十分感兴趣："是什么？"

可莹给青儿递了个眼色，青儿立即将礼物呈了上来。太后一看到那幅寿字锦就乐了："你这孩子真有心，绣起来很费事吧？"

"只要是为皇祖母祈福，费再多力气都是值得的。"可莹笑盈盈地回答，让青儿将装着牡丹花的寿盒打开。青儿小心翼翼地将寿盒盒盖掀开，让里面的花朵呈现在众人面前。

在看清楚那朵花之后，所有人都倒抽了一口冷气。

那并不是牡丹花，而是一朵枯萎的昙花。可莹惊得目瞪口呆："这……怎么会这样？"

昙花固然很美，但花期极短，稍纵即逝，向来都被视为不祥之花。问题是，她当时透过镂空格子，看到盒子里的确是一株牡丹花，什么时候变成了昙花？

难道是昙花的花色和牡丹花雷同，所以她才看错了？

寻思之间，皇后已经勃然大怒："可莹，你好大的胆子，居然敢给太后送这样不吉利的花！"

宁妃也道："是啊，你要知道昙花不利于哮喘，这送花送错事小，影响了太后凤体事大！"

可莹回头看太后，太后面上也是蒙上了一层冰霜，正不悦地瞪着她。她赶紧跪下谢罪："皇祖母，我之前真的准备了牡丹花，还是玉楼春。我不知道为什么会变成了昙花……"

安乐公主吓了一跳，帮衬着说："皇祖母，妹妹和我说过，她的确栽培了牡丹花，千真万确。"

宁妃冷笑着说："安乐公主也被蒙蔽了吧？这说不定是金城公主使出的障眼法，故意让你帮她求情呢。"

"住嘴，你唯恐天下不乱吗？"安乐公主向来看不起宁妃这种挑拨离间的小人。宁妃受了训斥，顿时泪花闪闪："皇后，你看安乐公主，根本不把我这个庶母放在眼里……"

正说着，淑妃从外面匆匆走进来。她扫视一周，已经猜到了事情大概，忙笑着对太后道：“太后，可莹千错万错，都还是您的皇孙女，您罚罚她就是了，何必在自己寿辰上动气呢？”

太后原本也是想息事宁人，疲惫地摆了摆手：“罢了罢了，许是弄错了吧，本宫也不想太追究，你们都下去吧。”

可莹只好起身离开。临走时，她看到太后命人收起了那块寿字锦，还命人扔掉了昙花。

可莹只恨自己太轻敌，居然会犯下这样的错误。

皇帝还在处理政事，所以并未赶到太后宫中。淑妃和安乐公主要留下来陪着太后，所以可莹离开的时候很是狼狈。

不巧的是，天上飘起了蒙蒙的细雨。可莹并未打伞，那些拜高踩低的宫女也都没有帮忙打伞。于是，可莹淋得浑身湿透。

“公主，都怪我……”青儿哽咽着说。可莹苦笑，轻轻摇了摇头。

“和你无关，原本就是我太大意。只是我不懂，为什么无论在王府还是在皇宫，都有人要对付我？”可莹如鲠在喉，往脸上一抹，只摸到了满脸的泪水。一阵风吹来，可莹顿时打了个寒战。她浑身上下冷到了骨子里，但身体再冷都没有心冷。

顾轻羽站在宫苑门口等待，看到她忙快步走过来：“你怎么弄成这样？到底发生了什么事？”

可莹泪流满面，想说什么，却不知道从何说起。她眼前一黑，软软地倒在地上。

“公主！”青儿哭着扑上来，“公主，你千万要想开点儿！就算不受太后待见，你也是公主。”

顾轻羽咬了咬牙，将可莹打横抱起，冲进了宫室。他大声命令宫女们：“快去烧热水，请太医！”

慌作一团的宫女们很快镇定下来。青儿帮可莹把湿衣服换掉，又给她喂了些热水，可莹才缓过来一点儿。不过她仍然没有醒来，而是陷入了昏睡。

三

直到翌日，可莹才醒来，她睁开眼，就看到摇晃的鹅黄色床帘，将外面的宫女们映得影影绰绰。

“我在哪里？”可莹只觉喉咙十分干涩。

青儿听到响声，将床帘掀开，惊喜地说：“公主，你醒了？你是受了风寒，太医已经开药了。”

她使劲儿将可莹扶起来，将一碗黑色药汁递到她嘴边：“公主，快喝吧。”

可莹喝了一口，嘴里顿时充满了苦涩的味道。她闭着眼睛，将药汁一饮而尽。

窗户被关得死死的，不停有雨滴打在上面，发出清脆的声音。可莹呆呆地看着窗外，泪水又流了下来：“青儿，要不然你回邠王府吧。”

“公主，你这是说什么胡话呢？我就在这里，哪里也不去。”青儿吓了一跳。

“我的前途已经毁了，太后肯定讨厌我，以后没多少好日子了。你跟着我，只能受苦。”

就在这时，忽然有人打断了她的声音：“公主，你这样颓废，才真的是没有好日子过了。”

那个声音是顾轻羽的。

他站在门帘外面，隔着层层叠叠的纱帘，让人看不清楚表情。但他的声音却是清清楚楚的：“陷阱是别人挖的，不小心中招，下次注意就是。但如果你自暴自弃，从此不再努力，那你就掉入自己给自己挖下的陷阱了。”

可莹心中凄楚：“可是，已经没有回旋的余地了。”

“怎么叫没有回旋的余地？那个花匠不是很可疑吗？留着这条线索，我肯定能把真相呈到皇上面前。”顾轻羽斩钉截铁地说。

可莹无力地点了点头。她心里清楚，如果这一切是皇后谋划的，那么皇后就不会留下花匠这条线索。

她穿好衣服，强忍着疲惫走到顾轻羽跟前：“没用的。”

“有没有用，不去做怎么知道。”顾轻羽紧紧地盯着她，一字一句地说，“等我。”

说完，他就转身离去。可莹想要喊住他，可随即感到一阵头晕目眩，忙躺回床上。

可莹在床上翻来覆去，总是感觉心神不宁。到了晚膳时分，顾轻羽还未归来，可莹终于坐不住了，让青儿去打听一下。

“你见到顾侍卫，就赶紧让他回来，不可造次。”可莹有些后悔，当时就应该拦住顾轻羽。

青儿出去了不到一刻钟，就折返回来：“公主，宫里发生了命案，皇上在亲自审问呢！”

可莹吓得嘴唇发白：“谁死了？”

“公主别急，据说是有人要杀一名花匠，已经被缉拿归案了。对了，拿住凶手的人是顾侍卫。”

可莹不知是福是祸，顾不上身体虚弱，就让青儿带着自己赶往御书房。刚走到御书房外面，她就听到皇上震怒的声音：“大胆！”

宁妃的声音传来：“皇上息怒，皇上饶命啊！”

可莹定了定神，掀开帘子走了进去。她恭恭敬敬地向皇上一礼：“儿臣见过父皇。”

“可莹，你怎么跑出来了，身体可好些了？”皇帝一脸焦急，忙命旁边的淑妃过去扶着可莹。

可莹看到地上跪着那名花匠，宁妃也在旁边跪着，两个人都在瑟瑟发抖。顾轻羽则站在一旁，嘴角微微带着笑意。

她这才放下心来，看来，顾轻羽立功了。

“花匠诬陷了金城公主，竟然用一盆昙花替换寿礼，其心可诛！更可恨的是，花匠是受宁妃指使。”皇帝脸色阴沉地说。

淑妃小声地对可莹说：“宁妃想要杀人灭口，就派侍卫去杀花匠。要不是顾侍卫及时赶到，估计你就要永远蒙冤了。”

“是啊，可莹，你打算怎么惩罚他们？”皇帝看向可莹。

可莹微微一笑：“父皇，我大唐河清海晏，哪有什么人会永远蒙冤呢？后宫不得议政，还是由父皇来决定吧。”

皇帝赞赏地点头，“可莹懂事知大体，很好。那就——”他沉吟了一下，“宁妃禁足三个月，花匠逐出宫外。”

宁妃顿时哭得像个泪人儿：“皇上，臣妾再也不敢了！”

“谢皇上饶小人不死！”花匠谢恩。

这件事总算了结，可莹也放下了一颗心。她强撑着身体站起来：“皇祖母肯定怪罪儿臣，我得和她说一声去。”

“太后那边有我去说，你先养病。”皇帝将随身官人唤出来，“来人，给金城公主备车辇，送公主回寝宫。”

淑妃面上一喜，忙让可莹拜谢：“快谢谢你父皇，这可是莫大的恩宠呢！”

皇帝的车辇可不是一般人能够乘坐的，这已经是天大的颜面了。可莹一喜，忙谢恩：“谢父皇！”

出了御书房，她只觉得神清气爽，扬眉吐气。那些趋炎附势的宫女，纷纷来给可莹递脚凳，掀车帘。

可莹坐在车辇上，思绪才终于一点点地放空。她掀开车帘，看到顾轻羽跟在车旁，感激地说：“顾轻羽，真是谢谢你。”

顾轻羽勾唇一笑：“公主不必客气，我这么做是为了你，也是为了我自己。”

“啊，你就不能虚与委蛇一下吗？如果你说全部是为了我，我会给你赏赐的。”可莹半开玩笑。

顾轻羽摇头，轻声说：“你是我在这个世界上，唯一不想欺骗的人。”

“好吧，木头脑袋。”可莹将车帘放下。虽然嘴上嗔怪顾轻羽脑袋不灵光，但是她的内心还是感动的。

回了宫苑，可莹在青儿的搀扶下走下车辇。有宫女上前禀报：“公主，安乐公主来了。”

“姐姐？”可莹忙走进宫室，正看到安乐公主坐在琉璃塌上，摆弄着手里的一盆牡丹花。她抬头看到可莹，起身说："你可回来了，这一仗赢得漂亮吧？"

"姐姐，你真是消息灵通。"

"谁让我当时在花房呢？我一听到消息，就立即将你这株'玉楼春'给要了过来。改天，我们一起给太后送去。"

可莹听了，低头摆弄牡丹花花瓣："可是，太后还愿意见我吗？"

"怕什么，自己的皇祖母，你还能躲一辈子？再说了，你躲着不见人，反而让人觉得你心虚。"

可莹心中顿时澄明一片："是这个道理。"

"上次你让我打听的事，我也问过皇祖母了。"安乐公主说，"你都不知道皇祖母那个脸色，太可怕了。她让我千万不要问父皇这件事，否则我就……"安乐公主脸上出现恐慌的表情，紧紧抓住可莹的手。

可莹一怔，刚才的好心情一扫而空。

"这涉及皇家秘闻？"

安乐公主点头。

"为了我们好，事情不能再查下去了。"安乐公主看向顾轻羽，"顾侍卫，我也不会亏待你，以后有机会，我会让父皇给你赏赐的。"

顾轻羽怔怔地站在那里，眼眸中空茫无措。他摇头道："不可能，公主，太后不可能这样说……"

"你有没有想过，你的父母可能是皇家的罪人？"安乐公主开始劝说，"万一查到什么不可说的秘闻，关乎皇家颜面，那可就糟糕了。"

顾轻羽呆住，锐气顿减。他脸色苍白，喃喃地道："不，我一定要知道我的身世。"

安乐公主叹息一声，拍了拍可莹的手："你来劝劝他吧。这件事真的很为难。我无能为力了。"

四

送走安乐公主，可莹回到宫室里，发现顾轻羽还在原地站着。室内并未点蜡烛，他的身影融在夜色里，有些晦暗不明。

“顾轻羽，要不然我们先把这件事搁置……”可莹斟酌着字句开口。顾轻羽突然回头，眸光锐利如电。

可莹吓了一跳。

“不可能！这件事我一定要查下去！”顾轻羽脸色铁青，“那些害死我养父一家的人，究竟是谁，我一定要查个水落石出！”

他的声音很大，青儿赶紧从外面匆匆走进来。可莹深吸一口气，觉得必须要使出大招，才能让顾轻羽暂时死了这条心。

万一查出来，顾轻羽的父亲是朝廷逃犯，或者母亲是祸国妖女，那他这条命还要不要了？

“我们争执也没用，不如问问上苍的意见。”可莹故弄玄虚。

顾轻羽疑惑道：“上苍？”

可莹看向青儿：“去拿个火盆过来，不要让任何人进来。”

“公主，现在才八月，你就要火盆？”青儿以为自己的耳朵出了问题。可莹丢了个眼色过去：“让你去，你就去。”

青儿赶紧去拿了个火盆进来，并且点燃了里面的炭火。望着火盆里明明灭灭的火光，可莹拿出一本抄写好的经书，放入火盆燃烧起来。

顾轻羽终于忍不住问：“你这是干什么？”

“问上苍的意见啊。”可莹抬起一双水盈盈的眼睛，“如果炭火不变，说明上苍愿意让你继续查下去。如果炭火突然旺盛，说明前路艰难，你不能再继续查你的身世。”

顾轻羽默默无言。

“决定吧，毕竟我们的命运也牵涉其中。你如果出了事，我也受牵连。”可莹故意将话说得非常绝情。

顾轻羽果然硬声回答：“那好，就按照你说的办法来。”

可莹拍了拍手，围着火盆转了一转："上苍啊，你告诉我，能继续查顾轻羽的身世吗？"

火盆里的炭火没有任何变化。

可莹继续围着火盆转："你要是同意他继续查探自己的身世，就不要让火光蔓延。你要是不同意，就让火光告诉我们一切！"

说着，她将手伸到火盆上方，来回转圈。

顾轻羽在旁边看着，只觉得可笑："你贵为公主，从哪里学来的这些稀奇古怪的东西？"

"不可亵渎神明！"可莹警告顾轻羽。

就在这时，火盆里的火光突然旺盛起来，火舌差点儿舔上可莹的袖子。她尖叫一声，快步后退："有答案了，你不能继续查探身世！"

火盆里的火舌肆虐，几乎要喷出火盆。青儿看着害怕，忙拎起桌子上的水壶，浇灭了火焰。

可莹抚住胸口，惊魂未定地道："你看到了吗？上苍已经给出答案了！"

顾轻羽却"扑哧"一笑。

"金城公主，谢谢你，本来我心情抑郁，你弄了这一出，我反而感到轻松多了。"

"啊？"

"公主，你用对付吐蕃王子的那一套来对付我，可是我没有吐蕃王子那样好骗。"顾轻羽拉起可莹的手，"你还是用了上次的那盒油脂吧？你先抹在手上，等手伸到火焰上方，温度高，油脂自然融化，滴落在炭火上。油能旺火，这样火光自然就旺盛了。"

可莹见自己被戳穿，顿时没了气势："我只是想劝你不要继续查自己的身世……安乐公主的话有道理，万一真的查出了不好的事情，怎么办？"

"凡事求个明白，就算死，也死个明白。"

"你！"可莹没想到他居然这样执拗，气得浑身发抖，"你不爱惜自己，也要考虑下我们！我们都是关心你的人。"

“你是怕惹火烧身吧？”顾轻羽眸光冷了下来。他快步走到门口，想起了什么，扭头对可莹说，“如果你怕自己被牵连，可以现在就和我划清界限。”

说完，他转身走了出去，身影融入浓浓夜色。

可莹怔怔地站在宫室中央，心头五味杂陈。她的风寒还未全好，头还晕着，但是脑中却无比清醒。

那就是，她和顾轻羽产生隔阂了。

也许，一开始的相遇，就是一个错误。

“怕我受到牵连？”可莹苦笑着自言自语，“我要是害怕，从一开始就不会让你随我入宫！我是怕你受到伤害啊……”

你可知，最无情是帝王家。

第五章 最无情是帝王家

一

星疏云淡。

天上只有寥寥几颗星子，在这暗夜里闪着黯淡的光亮。

顾轻羽踏上宫室屋顶上的琉璃瓦，坐在屋脊上仰望着夜空。那一日的情景又在他眼前呈现，火光肆虐中，凌厉的刀光刺入了大哥、二哥的身体里，鲜血遍地，如盛开的桃花……

他闭上眼睛，喉咙里发出一声低泣。许久，他才抬手擦了擦眼角的湿润，从怀里掏出一支笛子。那笛子是用上好的白玉雕成，通体水亮，散发着淡淡的光泽。

“爹、娘，我从来都没有见过你们，现在儿子来找你们了，眼看就要知道真相，让我退缩，我决不甘心！”

顾轻羽的声音带着不容置疑的坚决。夜风吹来，抚起他的长发，也将他的侍卫服吹得猎猎作响，就在这时，他忽然听到身后一声轻响。

他回头，看到可莹踩在树上，正迈出一只脚，想要爬到屋顶上。顾轻羽吃惊，忙飞身过去，将可莹拉到屋脊上坐下。

“公主，你这样很危险的！容易摔下去不说，万一让人看到，以为你是刺客怎么办？”顾轻羽语气中带着责备。

可莹笑了笑，伸出涂着蔻丹的手指，点了点自己的脸颊：“有我这么好看的刺客吗？”

“没有，”顾轻羽扭转视线，“也不会有你这样动作笨拙的刺客。”

“你！”可莹没想到顾轻羽这样毒舌，她正要说什么，忽然想起自己来的目的。于是，她轻声咳嗽一声，问道：“顾轻羽，你有没有想过，你的父母是罪人？”

“想到过。”

“那我们是不是应该回避这个真相？”

顾轻羽扭头看她，眼眸里酝酿着某种激烈的情绪：“李可莹，即便是有罪，也应该被光明正大地昭告天下！而不是像一只老鼠一样，苟且偷生，甚至不知道自己到底是谁！对于我来说，这比死亡更可怕。”

可莹哑口无言。

是的，如果他的父母真有罪，那应该有相关的文书记载，而不是讳莫如深。真相被掩埋在时光的尘埃里，到底什么时候才能重见天日？

“我也想过，如果真相十分不堪，甚至导致自己锒铛入狱该怎么办，但是人生在世就是求个明白，我不愿意苟且偷生。”

可莹终于心动了。她点了点头，笑容有些发苦：“是我错怪你了，顾轻羽。从明天开始，你继续查你的身世吧。”

“谢公主。”

“不用谢我，是你坚持要走这条路的。哪怕这条路上有荆棘，尽头是悬崖，那也是自己的选择，不是吗？”可莹一指远处连绵的宫墙，“在皇宫里，多少人不能选择自己的人生，你明白吗？”

这荣华富贵的背后，是伴君如伴虎。这权倾朝野的背后，是沉重无奈的责任。无法活得快意恩仇，无法活得光明磊落。

就比如那个陷害她的宁妃，不过是为皇后出谋划策罢了，风险却自己承担，到头来落得一个狼狈下场。

“看来，你也有所感悟。”顾轻羽说。

可莹拍了拍手：“对，前几日我还在恼恨自己无能，现在我想通了。别人给我找不自在，我何必自己再给自己找不自在？”

两个人相视而笑。

“你知道吗？这段时间，我把这首回纥乐曲练熟了。现在我就吹给你听。”顾轻羽将笛子举在唇边，轻轻吹响，一阵悠扬的韵律顿时回响在这巍巍宫殿上空。

笛声清脆，有穿云之势，在半空中缭绕不绝。

可莹闭着眼睛欣赏，忽然听到一阵不寻常的声音，忙让顾轻羽停止吹笛。顾轻羽停下：“怎么了？”

“你听！”

顾轻羽凝神静气，细细听去。果然，从很远的地方，传来了一阵旋律一模一样的笛声！

听音辨位，应该是冷宫的方向。

“这个人是谁？吹的乐曲和你一模一样，而且流畅纯熟，不像是即兴而为，倒像是经年累月地练习过！”可莹说出了自己的推测。

顾轻羽霍然起身，想起了什么，蹲下身来：“金城公主，走，我们一起去探个究竟！”

可莹趴到顾轻羽的背上，让他带着自己向冷宫的方向飞去。

冷宫位于宫殿边缘，常年没人修葺，到处是一派凋敝景象。一阵风吹来，地上枯草胡乱摆动，深深的巷子里的风声，如鬼魅在呜咽。

“顾轻羽，我们是不是听错了？”可莹有些胆寒。她不怕黑，但这种恐怖夜景还是第一次见。

顾轻羽道：“以我的听力，是不会听错的。”他低头想了想，拿出那支玉笛，又吹了起来。这次，那个神秘的笛声再一次附和着响起，比上一次清晰多了，显然就在附近！

就这样一路吹，一路找，最后两个人来到一处破败的宫室里。可莹咽了口唾沫：“顾轻羽，这里能住人吗？”

推开宫室的门，那门经受多年的风吹雨打，已经颓势尽显。顾轻羽率先走进去，轻声问了一声：“有人吗？”

没人回答。

可莹正在胡思乱想，忽然听到宫室里有人轻唱着一首歌谣，曲调就是那首回纥乐曲！

这歌声幽幽如泣，在这夜色中盘旋回荡，格外瘆人。

“在这里！”可莹指了指前方的一扇门，顾轻羽一个箭步上前，推开那扇门。只见宫室里坐着一名脏兮兮的女子，正摆弄着手里的笛子傻笑：“麟儿，我的麟儿……”

她被两个闯入者吓了一跳，惊恐地往后退：“你们是谁？想做什么？别想夺走我的麟儿！”

“别怕，我们不会伤害你。”可莹露出和善的笑容，“我只想问，你怎么会这首曲子？”

可莹奇怪的是，面前这女子如此狼狈，却也有心思焚香。刚进这间宫室，就能闻到一股若有似无的清香。

“我吹得可好了！”那女子明显有些失心疯，将那破得不成样子的笛子凑在嘴边，轻轻吹了起来。

顾轻羽慢慢走过去，蹲在那女子身前。他大睁着眼睛看那女子姣好的面容，凌乱的头发，颤声问：“那这首曲子，和你有什么关系？”

“这是我最得宠的时候，吹给皇上听的乐曲。”女子痴痴地笑了起来，“那个时候，我金尊玉贵，从回纥来到大唐，受尽宠爱……”

可莹仔细回想了下，惊声道：“你……你是柔昭仪？”

淑妃曾经和她提起过，十几年前，皇帝被武太后贬为庐陵王，除了皇后韦氏，其他妃嫔都留在宫中作为人质。皇帝离开皇宫之后，一直思念着柔昭仪。可奇怪的是，后来皇帝重新登基临朝，妃子们苦尽甘来，重新获得自由，只有柔昭仪被打入冷宫。

至于皇帝为什么先是思念着柔昭仪，后来却将她打入冷宫，这始终是一个谜团。

柔昭仪看向可莹：“你怎么知道我的封号？不过你说错了，皇上马上就要晋我的位分了……哈哈，他说我只要生下麟儿……”

可莹心里难过，抓起柔昭仪的手，轻轻地抚摸：“好好好，那你告诉我，然后呢？”

“然后……”柔昭仪陷入了回忆，脸上洋溢着母爱的光芒，“我日思夜想，一心想要自己的孩子也像我这样得宠。于是我就做了一件襁褓，将这首回纥乐的乐谱绣在了上面。哈哈，这样，我的麟儿一出生，就会备受宠爱……”

可莹如遭雷击，茫然无措地看向顾轻羽。这一眼，更是让她心惊肉跳。原来顾轻羽不知何时，已经泪流满面。

这个大部分时间都淡然沉稳的少年，在这一刻哭得像个孩子。

“娘！”顾轻羽扑倒在柔昭仪的膝下，颤抖着手从怀里掏出那块襁褓，“你绣的乐谱，在这里！”

柔昭仪瞪圆眼睛，将那乐谱抢了过来：“你怎么会有这个东西的？你……你到底是谁？不，不，他们当年说我生的是个妖孽，已经被乱棍打死……”

她捧住顾轻羽的脸，癫狂地说：“我不管，不管你是什么，娘都疼你！”

“娘，我不是妖孽！”顾轻羽说，“当年有人把我从宫里送出来，放到镖局门口。”

“别说了！”可莹心生不妙，忙阻止顾轻羽。可是来不及了，柔昭仪两眼一翻，晕了过去。

可莹跺脚道：“你不该说这么多，应该让她有个接受的过程。”

顾轻羽默默地将柔昭仪放在木床上，愧疚道：“是我太心急了。”

两个人在冷宫里找了一圈，总算寻到一口水井。可莹打上一桶水，生炉子烧开。顾轻羽将柔昭仪扶起来，小心地将热水喂给她喝。

不多时，柔昭仪终于醒了过来。她显然比刚才清醒多了，抓住顾轻羽的衣襟：“你是麟儿？”

顾轻羽眼睛通红地点了点头。

“我当年生下的不是妖孽，我是冤枉的！”柔昭仪激动起来，狂躁地往外冲去。可莹赶紧拦住她：“你去哪里？”

“我要去找皇上，向他说明一切。还有，我要给麟儿皇子的身份。”柔昭仪眼睛里闪着不一样的光芒。

可莹想起太后的态度，忙劝说：“不行，这件事要从长计议！不然会连累顾轻羽的。”

柔昭仪这才怔怔地重新坐下：“是啊，我现在是一个妖妇，谁都不愿意提起我……”

可莹心里苦涩一片。一个回纥贵女，千里迢迢来到大唐，满心以为会有风花雪月等着她，没想到却是遍地荆棘。她想了想说：“我们要挑选一个合适的机会，证明这件事。你说呢，顾轻羽？”

顾轻羽缓缓地点了点头，从腰中掏出那块腰牌：“只要能查出这块腰牌背后的主人是谁，就能顺藤摸瓜，找出陷害我娘亲的罪人！”

“是的。”

“能找到吗？”柔昭仪脸上露出期待的表情，“如果能让我沉冤得雪，也不枉我在这冷宫里苦苦挣扎这么多年！”

“娘娘，你就放心吧。”可莹小心地拢着她的头发，“我一定会让你重见天日的。”

接下来，可莹和顾轻羽又烧了许多热水，找出一些干净毛巾，帮柔昭仪梳理了头发，换了身干净衣服。这样一整理，柔昭仪比刚才清爽了许多，人也精神了不少。

二

天微微亮了，顾轻羽和可莹要离开了。柔昭仪依依不舍地抓着顾轻羽的手："麟儿，你下次来看娘亲，是什么时候呢？"

"娘，我会尽快来看你的。"顾轻羽看了看四周，"人心隔肚皮，这冷宫里还有其他人住，你要记住此事不能透露给她们。"

柔昭仪猛然点头："我知道，我都听你的。"

她追了几步，在宫门口停下，眼神里都是可怜巴巴的神情。顾轻羽不忍再看，快步走出冷宫的巷子，才狠狠一拳砸在宫墙上。

可莹惊叫一声，拉起顾轻羽的手，发现上面红肿一片。她跺着脚说："你何苦呢？"

"娘在这里，被人欺负到这步田地，我却什么都做不了。"顾轻羽眼睛红红的，像是一只被激怒的小兽。

可莹叹了口气说："可是，这件事我们急不得，还是先和淑妃娘娘商量吧。"

此时天已经大亮，有侍卫到处巡逻，所以两个人必须要避人耳目，小心前进。否则，被人发现阖宫落钥后还在外面夜行，两个人都会受到惩罚。

好不容易避开侍卫，可莹和顾轻羽回到宫苑里。青儿一见他们就迎上来："公主，顾侍卫，你们去哪里了？"

"其他人呢？"可莹发现宫苑里空无一人。

"我起床后发现你不在，就把她们支开了。"青儿看了看可莹熬得通红的眼睛，"公主，你到底去哪里了？"

"没什么，青儿，你去库房准备礼品，我要带上顾侍卫去拜访淑妃娘娘。"劳累了一整晚，尽管很困很累，但一想到柔昭仪还在冷宫里受苦，她就不能心安理得地休息。

青儿还想问什么，但看到可莹的表情，什么也没说就退下了。顾轻羽歉疚地道："公主，你累了一夜，还是先休息吧。"

"你和我客气什么？"可莹一边捶肩膀，一边歪着头看顾轻羽，"没想到我们血缘上是堂兄妹，以后你认祖归宗，你就是我皇兄了。”

顾轻羽猛然面红耳赤：“公主开什么玩笑，我只是一个侍卫。”

“现在是侍卫又如何？你是龙子凤孙，只差一个证据来证明。”可莹从袖中掏出一颗青梅放入口中。她实在累得很，只能用这颗青梅来提提神。

青儿很快就准备好了礼物，并让宫女们上早膳。可莹这才感到自己已饥肠辘辘，正要动筷，忽然想到顾轻羽：“顾侍卫，你也坐下来吃。”

“公主，他是侍卫，怎么能和公主同桌而餐？”青儿小声地提醒道。可莹笑了笑说：“在这里就别拘束了，就让顾侍卫坐下吃饭吧。”

顾轻羽刚要拒绝，但想起等会儿还要去淑妃宫里，便谢过可莹，依言用起餐来。两个人心照不宣地吃完饭，带上青儿，就出了宫苑，向淑妃所在的凌云宫走去。

这几日天高云淡，秋意渐起，淑妃正在宫里对着一盆金线菊描绘丹青。她手指纤细修长，握笔的手腕却显得干练有力，几笔便勾勒出菊花的美态。配上俊逸洒脱的几行题诗，整幅画卷显得秋意甚浓。

可莹不禁佩服，淑妃娘娘果真是宫中首屈一指的才女。

“娘娘真是好才情，我以后可要向娘娘多学多问了。”可莹赞叹。

见到可莹来，淑妃忙停了笔：“金城公主，昨天没睡好吗？今日怎么看上去这样疲倦？”

“淑妃娘娘，快别取笑我了，我找您有要事呢。”可莹笑盈盈地上前一拜。淑妃心领神会，让左右的宫女都退下，然后问：“说吧，哪阵风把你吹来了？”

可莹收了笑容，从腰中掏出那块猛虎出林腰牌，肃然问：“淑妃娘娘，您在宫里见多识广，见过这块腰牌吗？”

淑妃将那腰牌拿在手里，疑惑地看了几遍：“没见过。”

可莹脸上立即写满了失望。淑妃见多识广，如果连她都不知道这块腰牌的来历的话，就只能惊动皇上了。

“我虽然没见过，但是知道这是暗卫令。”淑妃认真地道。

“暗卫令？”可莹吃惊。

淑妃点头：“王公大臣中有权势者，会豢养暗卫，帮自己做一些见不得光的事。皇上早已严禁王公大臣豢养暗卫，可惜这些年……”

她没有再说下去，而是盯着可莹：“你怎么会有这块腰牌？”

眼看瞒不过去，可莹只好拉着顾轻羽一同跪在地上，将事情的前因后果说了出来。淑妃大惊失色，道：“竟然是这样？当年柔昭仪性情温婉，又是回纥来的异域女子，让皇上很是喜欢，但是后来生下了……没想到内情居然是这样！”

“淑妃娘娘，求您为我母妃做主！”顾轻羽双眼含泪。

淑妃将顾轻羽和可莹扶起来：“不是我不帮你们。你们想一想，当年这些暗卫为什么要陷害柔昭仪？肯定是因为她最得宠，挡了某个妃子的道路。这个妃子还不能是一般家世，必是养得起暗卫的大家族。这个妃子如今肯定还在宫中！你们如果惊动了皇宫上下，就会让这名妃子对柔昭仪痛下杀手！”

可莹吓了一跳，觉得淑妃说得有道理。顾轻羽急问：“那娘娘，我们该怎么办呢？”

淑妃沉吟道：“如今，只能剑走偏锋了！我这个计划，叫作引蛇出洞……”

她凑在可莹耳边，轻声说出了自己的计划。可莹听得惊心动魄，连连点头：“好，就这么办！”

顾轻羽得知计划后，犹豫半晌，也点头同意。他目光深邃幽远：“希望对方能够上钩……”

三

就这样平安无事地度过了十几日，秋狩终于到了。秋狩也算一场盛事，因此众位妃嫔也都出席观战，就连被禁足的宁妃也得了赦免，可以来到秋狩场地一饱眼福。

因为吐蕃王子的到来，整个秋狩比往年更加隆重。吐蕃王子性情桀骜，主动向皇帝提出要比赛打猎。所谓比赛打猎就是，大唐和吐蕃的随从分别出击狩猎，哪一队的猎物多，就算哪一队赢。

皇帝听了，抚掌大笑："那吐蕃王子，赢的那一方有什么好处？"

"如果大唐赢了，那我吐蕃永远归顺大唐。如果吐蕃赢了，那就……"吐蕃王子忽然往可莹的坐席上扫了一眼，"就嫁我吐蕃一位公主！"

此话一出，狩猎场上顿时一片静寂。

可莹突然感到一阵毛骨悚然。适龄的公主就她和安乐公主两位，安乐公主肯定是不会远嫁的，那就是要她嫁往吐蕃?

"好，就按照你说的办！"皇帝应允，看向身后的武将，"都有谁骑射功夫好的，都上来，为我大唐壮大国威！"

顾轻羽走出队列："皇上，臣愿意一试！"

他带了个头，其他的武将也纷纷走出了队列。皇帝赞赏地点了点头。

顾轻羽走到马厩处，四处挑选适合自己的马匹。可莹借口离开，走到顾轻羽身旁："顾轻羽，你不能输，明白吗？"

"我的字典里，没有'输'这个字。"

可莹不信："你别自大了，吐蕃王子没那么差。"

顾轻羽一笑，背上箭筒和弓箭，翻身上马，动作一气呵成："我的字典里，只有一句话，那就是'除非我让你，你才能赢'！"

说完，他一扬鞭子，驾马遁入丛林深处。

可莹回到坐席上，心里七上八下。安乐公主知道她所思所想，安慰道："别怕，大唐勇士骁勇，不会输的。"

可莹回以一个勉强的笑容。

狩猎进行得很激烈，不断有侍卫前来向皇帝禀报两队的猎物数量，一会儿是吐蕃王子领先，一会儿是顾轻羽他们领先，比赛十分激烈。

皇后看出可莹内心的紧张，故意呵呵一笑："其实听这些没用的，都是大概数字，等会儿结束了才能见分晓呢！"

可莹听了，骨头缝里都不自在起来。眼瞅着一炷香就要燃尽，狩猎即将结束，她心里更加不安。

终于，最后一截香灰落下，宫人长喊一声："时间到——"

可莹浑身战栗，只低头攥着裙角。

丛林中，吐蕃王子带着人马疾驰而出，马背上拴着数不清的战利品。另一边，顾轻羽等武将也骑马而出，风姿潇洒。

当可莹看到顾轻羽等人的马背上也挂满了战利品，才放下了一颗心。看这个势头，顾轻羽未必会输。

两方人马将战利品摆在地上，让宫人上前清点。宫人清点之后，禀报皇帝道："皇上，两边都是五十三只猎物，平局。"

可莹顿时松了口气。

吐蕃王子皱了皱黑长的眉毛，大喝一声："且慢！"他阔步走上前来，从猎物中踢出一只野兔，然后拔刀刺下，转眼就将野兔的腹部剖开。

这血腥的场景让皇帝和众妃都皱起眉头。

吐蕃王子不慌不忙道："皇上，我猎取的这只野兔，腹中还有一只小兔，所以我的猎物是五十四只。我赢了！"

皇帝顿时沉下了脸，可莹也惊呆了。她失声道："这……这不算！这小兔还未出生，而且你怎么能连有孕的兔子都不放过？"

吐蕃王子冷冷一笑，看向皇帝："皇上，你这是要反悔吗？明明就是我吐蕃赢了。"

皇帝顿时陷入两难境地。就在皇帝沉默之时，顾轻羽越众而出，呵呵一笑："吐蕃王子，谁说你赢了？你看这是什么？"

他举起手中之物，原来那是一只活乌龟。顾轻羽将乌龟往地上磕了一磕，立即掉出三四枚乌龟蛋来。

“狩猎途中，我遇到一个小水洼，见到这只乌龟可爱，就猎了过来。没想到乌龟腹中有卵，这样算来，我大唐应该比吐蕃猎了更多的猎物。”顾轻羽不慌不忙地说。

吐蕃王子勃然大怒：“你！你强词夺理！”

“你只许野兔怀子，就不许乌龟生蛋？这是什么道理？就算这乌龟蛋还未孵出小乌龟，那也得算一份猎物！”顾轻羽笑得云淡风轻，眉宇间气定神闲。

吐蕃王子哑口无言，只好默默地放下了野兔。皇帝哈哈一笑：“那吐蕃王子，既然这样，就算我们平局了？”

“是，圣上英明。”吐蕃王子无奈地说道。

可莹这才彻底放心下来，靠在座椅上，她感觉后背都湿透了，全是刚才吓出的冷汗。

正在这时，清场的宫人匆匆上前：“皇上，奴才在丛林中捡到一块腰牌！”他双手将东西呈上，正是那块猛虎出林腰牌。

顾轻羽脸色一变，往腰中摸了一摸，发现那块腰牌不见了！他一时慌张，往可莹看去。可莹也是满脸焦急，这块腰牌还不能示人呀。

果然，皇帝勃然大怒：“暗卫令？这是谁丢的！”

无人应答。

可莹迅速观察众妃神情，发现皇后一脸好奇，淑妃满面坦然，只有宁妃脸上闪过一丝惊慌。

“皇上，不过是块腰牌，没必要兴师动众，倒让吐蕃王子见笑。”淑妃笑道，“许是谁觉得好玩，刻来玩玩的吧？也未必是暗卫丢失的。”

她笑着看向皇帝，然后看了一眼吐蕃王子。皇帝顿时想起，不能在吐蕃王子面前露家丑，忙道：“将这块腰牌收起来，回宫！”

皇上摆驾回宫，可莹也跟着登辇。刚掀开车帘，她就觉得后颈一凉，下意识回头望去。只见吐蕃王子站在原地，正用那双鹰隼般的眼睛望着她，目光慑人。

可莹立即后悔，上次就不该用骗人的法子去讨要芦荟，她掀开车帘一角，正看到顾轻羽骑马在外面慢慢行进。

“公主有何吩咐？”顾轻羽问。

可莹心里挂念着那块腰牌，欲言又止。顾轻羽意有所指地说：“公主放心，有我在。”

可莹心头一暖，定了定神。她点点头，将车帘放下。

另一辆车辇里，宁妃忐忑不安地揪着手中的帕子，一旁的宫女道：“娘娘，我看那白虎腰牌，有点儿像宁家的……”

“闭嘴。”宁妃咬牙切齿地说，“回去说。”

一回到自己宫里，宁妃就命人关上宫门，屏退左右，然后将那名宫女留在宫室里。这名宫女名叫玉兰，是她的贴身侍女，从小就养在家里，后来被她带入皇宫里的。所以，宁妃最信任的就是她。

“今天我没有看清楚，你离得近，可看仔细了？”宁妃坐下，喝了一口水，强装镇定。

玉兰道：“奴婢看得千真万确，那是咱们宁家的白虎暗卫令。大唐狩猎队里没有宁家暗卫，唯一的可能是有人捡到了这块腰牌，然后不慎掉落在丛林里。”

宁妃凝眉思索了一下，低声问：“据我所知，咱们宁家的暗卫有五年没有出任务了。怎么会突然遗落了腰牌在外面，还被人捡走了？”

“娘娘，宁家暗卫有出任务的。”

宁妃愕然：“你怎么不早说？”

玉兰委屈极了：“娘娘，奴婢也是出宫采买的时候，向宁家打听过才知道的。宁家只说柔昭仪的事留着一条尾巴，已经帮娘娘解决了。”

宁妃白了脸：“你是说当年的那个孽种？”

“对，终于查到那个孩子的下落了。据说，那孩子流落到镖局里，已经有十几岁了。宁家暗卫已经帮娘娘您除掉了，烧得干干净净。”

宁妃呆坐在椅子上，思绪飞得很远。

那是十几年前的旧事了，当时她刚入宫，仗着父兄是朝中大将军，在皇宫里趾高气扬，不可一世。可是她很快发现，皇帝只爱两个人，一个是淑妃，一个是柔昭仪。对她，连正眼都不看一眼。

淑妃聪明伶俐，做事滴水不漏。她创制的桃花妆，于眉心一点，画一点粉嫩桃花，短短几日便风靡整个后宫。这样的才女，皇帝和她感情甚笃，这让宁妃不得不服。

但是对于柔昭仪，宁妃不服！

那是从回纥来的贵女，喝最烈的酒，跳最艳的舞，唱最动听的歌谣，活脱脱一副狐媚相！哪一点比她宁妃强？尤其是柔昭仪还怀了皇子，更让宁妃心生妒忌。于是宁妃写给父兄一封信，让他们帮自己除掉柔昭仪。后来，在柔昭仪生产那日，皇帝震怒，将柔昭仪打入了冷宫。

宁妃后来才知道，宁家暗卫买通了一名医女，偷走了孩子。那个小皇子被线人送到宫外，原本是要斩草除根的，但是线人一时心软，没有杀害那孩子。宁家暗卫这十几年来，一直在查找那个孩子的下落。

所以，现在查到那孩子在镖局，才终于解决了。

“娘娘，既然镖局都烧了，那这件事就是个无头案。”玉兰宽慰道，“以后宁家暗卫不会再出现了，皇上就算想查，也无从查起。”

宁妃点了点头，却像踩到热烙铁的猫：“不行！还不是无头案！”

“怎么了？”

“柔昭仪还活着！”宁妃眼中闪过怨毒，“必须要解决她！”

玉兰犹豫了：“娘娘，可如果要宁家暗卫出马，万一出了什么岔子，咱们可都暴露了。”

“不需要宁家暗卫，你就行。”宁妃弹了弹指甲，“她不死，我这辈子都睡不好。”

玉兰打了个冷战，随即低下头去。

四

入夜。

玉兰提着一盏灯笼，小心翼翼地在宫道上走着。迎面见了几个相熟的宫女，问玉兰往何处去，她只回答要替主子请太医。

玉兰当然没有去太医院，而是去了冷宫。她嫌弃地蹭了蹭脚上沾的泥土，喃喃地说：“晦气……”

宫室里破败不堪，根本不像是人能住的地方。玉兰皱着眉头走进去，正看到柔昭仪坐在院子里，正唱着听不出曲调的歌谣。

玉兰猛然站住。柔昭仪居然并没有太大变化，还是那样光鲜！

这冷宫里到处是灰尘，但是柔昭仪看起来却是那样干净素雅。她穿着一身素色宫服，显得飘逸脱俗，一头乌发也柔顺无比，软软地垂在脑后。听到动静，柔昭仪往这边望过来，笑了笑。

“你是谁？”柔昭仪问。

玉兰上前笑道：“我以前服侍过娘娘，娘娘不记得了？”

柔昭仪摇头。

“服侍过娘娘的没有一千个也有八百个，娘娘自然不记得了。”玉兰乖巧地说，“听说娘娘最近没有灯火用，我特意来给娘娘拿了点蜡。”

说着，玉兰就自顾自地走进宫室里，点燃了蜡烛：“娘娘，你看，亮堂不？”

柔昭仪走进宫室：“亮……亮。”

“那奴婢就先走了，明日再来看娘娘。”玉兰转身往外走去，并故意在地上洒了些什么。

玉兰走出宫室，将房门带上，她故意留了条缝隙，看到柔昭仪呆呆地看着蜡烛，似乎在想着什么。十几年的冷宫生活，将柔昭仪折磨得反应迟钝。

“柔昭仪，再没有明日了。”玉兰冷笑，从袖中掏出一枚飞镖，往蜡烛的方向一甩，那蜡烛就掉在了地上，引燃了地上的油，火舌顿时蓦然而起，火光肆虐。

玉兰赶紧将宫室门关好，快步走出冷宫。她走出老远，回头看到冷宫上方出现火光，才松了口气，烧得这么旺，柔昭仪这会儿应该是命归西天了。

玉兰刚落下一个念头，就听到身后传来了一个威严的声音："来人，把她拿下！"

不好！玉兰心头滚过惊雷，正要逃跑，却被御林军抓了个正着。她目瞪口呆地看着站在眼前的皇帝和淑妃。

"还不快救火，冷宫里还有人！"淑妃忙命令其他人上前救火。

皇上冷冷地看着玉兰："你是宁妃宫里的人吧？这么晚了，你来冷宫做什么，这火是你放的？"

玉兰赶紧磕头道："奴婢是看到有火光，赶紧跑过来救火的！"

"胡说，你明明就是纵火人！"身后忽然传来一道清冷的声音。

玉兰毛骨悚然，回头看见柔昭仪站在身后。她气质华贵，冷冷地盯着玉兰，眼眸几乎化为利刃。

"啊，娘娘，我真的是去救你的！"玉兰吓得连连后退。她想不通，地上都是灯油，柔昭仪不可能逃掉的。她怎么会好端端地站在这里？

"你还说火不是你放的，"柔昭仪冷笑，"冷宫里还住着其他人，你怎么就确定我需要被救？"

玉兰张口结舌，一句话也说不出来。

"承认吧，是你放的火。"顾轻羽和可莹从柔昭仪身后走了出来。可莹冷冷地道："我在屋顶上都看到了！就是你，打翻了蜡烛！"

玉兰知道大势已去，跪在地上痛哭流涕："皇上饶命，饶命啊！我是受人指使！"

皇帝面色阴沉："那你的意思是说，是宁妃要杀柔昭仪了？"

玉兰使劲点头。

"去把宁妃带到这里来！"皇帝下令。

淑妃故意问："皇上，您要审宁妃，不如去御书房？"

"就在这里吧。"皇帝眯了眯眼睛，"反正审完，宁妃就可以直接住进这冷宫里，方便。”

可莹和顾轻羽对视一眼，明白宁妃今天是逃不过打入冷宫的下场了。

半盏茶工夫，宁妃就被带至跟前。她癫狂地扑倒在地上，向皇帝使劲磕头：“皇上，臣妾是冤枉的，你可要为臣妾做主啊！”

“你是冤枉的，那柔昭仪就是罪有应得了？”皇帝反问，“看来朕平日太过宽厚了，以至于身边妃嫔胆大妄为！”

宁妃吓得脸色发白：“皇上，我什么都不知道。”

“来人，查一查这白虎腰牌，一定要给朕查个水落石出！”皇帝将白虎腰牌扔到托盘里。宁妃吓得瑟瑟发抖，没一会儿就晕了过去。

皇帝厌恶地看了她一眼，命人将她抬到冷宫里，然后才看向柔昭仪：“这么多年，你受苦了。”

可莹扶住柔昭仪的胳膊，眼眶红了：“父皇，柔昭仪真的很可怜，当年的事不是她的错，为什么要她承受这么多？难道说罪名当头，最亲近的人都不肯听她辩解吗？”

皇帝面露愧色，道：“朕知道，当年是朕太心急，将这桩事当成皇家丑闻，恨不得处理得越快越好。即日起恢复柔昭仪位分，还住以前的宫苑，再赏黄金千两，宫女百人，可好？”

柔昭仪屈膝跪地：“谢皇上，臣妾感激不尽。”

皇帝叹气，命人摆驾回宫。等到皇辇走远，柔昭仪才说：“金城公主，你没有必要为我的事情顶撞皇上。刚才真的很惊险。”

多年的冷宫生活，将她的性格磨平，她已经承受不起任何风波了。

“娘，现在你不用在夹缝里生存了，我总有一天，要为你讨回所有的公道！”顾轻羽斩钉截铁地说。

柔昭仪忙捂住他的嘴：“你不可现在就暴露身份！你是皇子，牵扯太多，会招来仇恨的。”

“是，我让母妃担心了。”顾轻羽慨然道。可莹看到，他眼中的泪水，隐忍了许久。

第六章 明枪暗箭几时休

宁妃被打入冷宫，连吓带打，很快就交代了事情的来龙去脉。只是她知道谋杀皇子是死罪，于是一口咬定，自己和宁家不知道皇子的下落。

皇帝勃然大怒，一想到自己流落在民间的孩子，就恨不得要灭了宁家满门。可莹很想告诉皇帝，顾轻羽就是他失散多年的孩子，可是理智阻拦住了可莹。因为皇帝刚刚得知有人背叛自己，正是多疑多虑、暴躁易怒的时候，如果在这时将顾轻羽推出来，很可能会引起皇帝对顾轻羽的怀疑。

很多天过去了，这件事慢慢平息。

柔昭仪很快成了柔妃。皇帝为了弥补她，晋升了她的位分。可是这又怎样呢，过去的冤屈不是用如今的锦衣玉食可以弥补的。

她眼中也常常出现失望的神色："不知道皇上什么时候才会过问我的麟儿，我的麟儿……"

"娘，你不是说我太早出现，会惹来非议吗？"顾轻羽蹲在她膝前，温柔地劝慰。这些天他忙前忙后，不知道的人都要以为他不是金城公主的侍卫，而是柔妃的侍卫了。

柔妃摇头："不是这样的，时间拖久了，就没有机会了……"

可莹在旁边看得难受，没有呈上手里的桂花糕，而是悄悄离开了。宫苑里静谧一片，走廊两旁的绿植伸出的宽大的叶子，轻轻擦过可莹的衣裙。

可莹失落地在长廊中走着，心里不是滋味。她正漫无边际地想着心事，忽然看到淑妃从尽头走过来，忙迎上去。

"见过淑妃娘娘。"

淑妃今日容光焕发，一身粉紫色宫装将她衬托得柔美可人。她伸手拉住可莹，脸上满是悲悯："可莹，这些天辛苦你了。柔妃她怎么样？"

"精神好了许多，只是记挂皇上……"可莹问，"皇上怎么还不下令彻查当年柔妃孩子的事？"

"谈何容易啊？"淑妃叹气，"宁家父兄都是大将军，劳苦功高，边境不平，还指望他们打仗。而且吐蕃王子住在皇宫，态度不明，如果他能答应归顺大唐，皇上的担子轻一点儿，那皇上才能放心大胆地对付宁家。”

可莹怔怔无语，半晌才问：“只要能让吐蕃归顺，就可以了吗？”

“吐蕃所处的地理位置很重要，是我大唐一直想要拉拢的，但是这次吐蕃王子前来，态度暧昧不明，本宫也不知道他想要怎样。”

可莹想了想，下定了决心：“淑妃娘娘，能不能安排我和吐蕃王子一同出宫游玩？我想让吐蕃看到我大唐盛世，让他诚心归顺！”

淑妃愕然，复又笑道：“你这丫头，说什么呢？你能让吐蕃王子感受到大唐盛景，难道皇上就不行吗？”

“皇上不能出宫呀，但是我可以微服出宫！这是不一样的。”可莹撒娇，晃了晃淑妃的织金衣袖。淑妃被她这股憨态逗笑了，欣然同意：“好，就让你们出宫游玩，与民同乐！”

“谢淑妃娘娘！”

可莹兴奋得满脸都洋溢着光彩，她相信，只要能为皇上解忧，就能让皇上放手去做他想去做的事。

淑妃很快就安排好了一切。皇帝正发愁吐蕃王子最近态度暧昧不明，没想到一提出和金城公主一同出宫游玩，吐蕃王子立即同意。皇上龙颜大悦，派出许多精锐御林军，和公主一起微服出行。

整件事情都在秘密地进行，只有几个人知道。顾轻羽作为可莹的贴身侍卫，也在微服出行之列。当他听说了整个计划，有些犹豫：“让吐蕃王子目睹我大唐盛景，真的能让他归顺吗？”

“不行的话，我就再出大招，就像上次。”可莹晃了晃手中的油脂。顾轻羽嘴角抽搐了一下，奚落道：“你还真是一盒油脂诓骗天下。”

二

出行的时间很快就定下了，是在五日后的傍晚。吐蕃王子穿着大唐便服，撤掉了头巾，梳着寻常百姓的发型，看上去就像一个风流公子。

可莹则撤掉了珠翠步摇，换上了寻常人家姑娘的服饰。她穿着一身柔粉色衣裙，胳膊上绑着两根细长的紫色绸带，整个人显得飘逸如仙。

“听说你要带我看尽大唐盛景，我真是拭目以待。就是不知道会不会失望。”出了宫，吐蕃王子就开始讥讽可莹。

可莹呵呵一笑：“你肯定不会失望的！我大唐繁荣昌盛！”

“是吗？那我怎么听说，大唐皇宫内很残酷，曾经将回纥的贵女关在冷宫里十几年不管不问。去年黄河发水，不少贪官污吏中饱私囊，害得流民得不到粮食，饿殍遍野？”

“那是……那是被人陷害。后来皇上也处置了那些贪官。”可莹知道他说的人是柔妃，忙辩解道。

吐蕃王子哼了一声：“如果在这盛世里仍然有人受苦，那这盛世又有什么意义呢？”

可莹不说话了，她虽然觉得吐蕃王子性格太尖锐了些，但是他说的没错。盛世不是国家有多强大，而是黎民百姓都生活幸福。

见她沉默，吐蕃王子忽然觉得自己很失礼：“金城公主，我也只是随口一说，你别往心里去。”

可莹这才记起这次出行的目的，她是要带吐蕃王子出来游玩的，侍卫都隐在人群里偷偷跟着他们，如果她不多说话，那实在不是待客之道。思及此，她笑了笑说：“我没有生气，只是觉得王子殿下很睿智。”

“是吗？”吐蕃王子被夸奖，果然心情开朗起来。

京城里的夜晚人山人海，集市十分热闹。吐蕃王子很快就被这夜景所吸引，赞叹道：“没想到大唐这样繁华！”

可莹看到街边有一个捏面人儿的摊子，走过去掏出两枚铜钱：“我买两个面人儿。”

吐蕃王子凑过去，惊讶地看着摊子上各种各样的面人儿，造型各异，栩栩如生。

他惊讶地问："这是什么？"

面人儿摊的摊主是位白胡子老者，他呵呵一笑，看了看吐蕃王子："这位公子，你不知道面人儿？"

可莹忙掩饰说："他从小不在中原生活，没见过这些。"

"这样啊，那我可要给公子做得好一点儿，毕竟是第一次吃呢。"摊主边说边动起手来。

吐蕃王子嘿嘿笑起来："那这面人儿，能弄成我和她的样子吗？"

"可以。"白胡子老头手里摆弄着面团。不多时，他就做出了一张人脸，正是吐蕃王子。

吐蕃王子哈哈大笑："像，真像！"

"下面，我要做这位姑娘的了。"白胡子老者运腕如飞，不多时，手中的面人儿显现的就是可莹的脸庞。

"成了。"

可莹将面人儿拿在手里，惊讶地看着那张酷似自己的脸。没等她反应过来，吐蕃王子已经将面人儿抢了过去，然后将自己手里的交给她："咱们交换一下吧。"

"为什么？"

"因为我觉得你这个比较美味。"吐蕃王子低头看着手中的"可莹"面人儿。可莹哼了一声："换就换，反正我也不喜欢吃。"

吐蕃王子舔了一下面人儿，就不再吃第二口了，只看着面人儿微微出神。可莹好奇地问："你怎么不吃？"

"我不舍得，尝一口就算了。"吐蕃王子舔了舔嘴唇。可莹没在意，在看到路边还有卖走马灯的摊位时，顿时眼前一亮。

"要不然，我送你走马灯吧！"可莹跑过去，挑了一只走马灯灯笼。这只走马灯中间有一根蜡烛，在热力的带动下，走马灯在徐徐地转动着。

吐蕃王子果然很欣赏这件礼物："真好，这比你们大唐皇帝送我的珠宝玉器好玩多了。"

他原本就是小孩子心性，不爱珍珠翡翠，只爱有趣的玩意儿。可莹摸清了这一点，转了转眼珠："那你喜欢的话，我带你去看杂耍。"

吐蕃王子欣然应允。

然而就在这时，顾轻羽突然从身后走出。他穿着一身暗色衣袍，故意低声对可莹说："公主，最好不要到马戏团那样人多眼杂的地方。"

"怕什么，玩就玩个尽兴。再说，不是有你们在吗？"吐蕃王子对顾轻羽的阻拦表示不悦。

可莹笑着拍了拍顾轻羽的肩膀："放心吧，我有分寸。"

她知道这条集市上有一家出名的马戏团，生意极好，只是这会儿还没有到集市最热闹的时候。

可莹拉着吐蕃王子，挑了一个最靠前的位置。马戏团中央是一个巨大的转盘，杂耍人穿着五颜六色的服装在上面跳舞，唱歌，吹奏唢呐。终于，热场表演结束后，就是第一个杂耍节目。

第一个杂耍节目是跳火圈。

驯兽员在一边竖起一个巨大的铁圈，上面绑着浸满油脂的布条。他用火把点燃，那个铁圈顿时熊熊燃烧起来。另一边，另一名驯兽员牵来几匹小马驹，让它们排队站好。

"可莹，他们打算做什么？"吐蕃王子有点儿蒙。

可莹告诉他："这些马要一匹一匹地从这个火圈里跳过去。"

"这简直是滑天下之大稽，不可能！"

"你就耐着性子看吧，我们大唐的杂耍团可是天下第一呢。"可莹自信满满。

说话间，驯兽员已经准备就绪。他发号施令，于是第一匹马向火圈狂奔而去。在跑到火圈跟前，小马驹忽然收起前蹄，从火圈中跳跃了过去！

吐蕃王子看得出神，直到全部马驹都顺利跳过火圈后，才鼓起掌来。驯兽员拿着一只铜盆，许多观众往里面扔铜钱。

可莹从腰包里掏出几枚铜钱放进去。吐蕃王子撇了撇嘴：“小气。”

他微微笑着，从钱包里掏出一锭银子放了进去。驯兽员瞪圆眼睛，恨不得立即向吐蕃王子下跪：“这位客人出手真大方，小的在这里谢过公子！”

吐蕃王子得意一笑：“我能买你们一匹小马驹吗？多少银子我都出得起。”

“这……”驯兽员犹豫，训练一匹会跳火圈的小马驹可不容易。他想了想道：“可以倒是可以，不过是有条件的。”

“什么条件？”

“我看公子身手不凡，玩叠罗汉应该是没问题的。只要公子能在叠罗汉的顶端倒立，我就卖给公子一匹小马驹，怎么样？”

吐蕃王子扭头问可莹：“叠罗汉是什么？”

可莹急了，如果吐蕃王子摔下来跌伤，她可吃不了兜着走。她附耳道：“你是他们的金主，他们不好意思拒绝你的要求，才故意刁难你，这是让你放弃的意思呢。”

“让我放弃？我还真的不想放弃。我要是赢了得到那匹小马驹，就送给你玩。”吐蕃王子一笑，对驯兽员道，“好，就这样办。”

可莹急了，忙拉了他的袖子一把：“喂，这个游戏太危险了。”

“富贵险中求，哪样宝贝不是冒险得来的？这匹小马驹我要定了。”吐蕃王子志在必得。他一跃身，敏捷地跳上圆台，一甩手中扇子，扇面“啪”地打开。

他眯着眼睛道：“你们要叠罗汉，就赶紧叠！你们的马驹本公子是买定了！”

叠罗汉是人垒人，三层又三层。可莹看过叠罗汉，最上面的那个人基本上是摇摇欲坠，靠着十年功夫才能稳住身子。吐蕃王子要想在最上面倒立，可谓是难上加难。

可莹胡思乱想之间，马戏团里的杂耍人员已经蜂拥而出。最下面的六个人先站好，然后三个人站到了六个人的肩膀上面。有两个人再站到三个人肩膀上，最后有一个人站在最顶端。

驯兽员笑眯眯地对吐蕃王子道：“公子，上去吧！你要在最上面倒立！”

吐蕃王子仰头看着，半天没动。可莹催促道：“喂，你之前不是自信满满的吗？现在怎么犹豫了？”

“我还以为叠罗汉是躺着叠，谁知道是站着叠！”

可莹无语：“那样的话没有任何难度，人们还花钱看什么？”

箭在弦上，不得不发。既然大话都说出去了，岂能临阵脱逃？吐蕃王子计算了下高度，飞身上前，轻轻点在几个杂耍人的肩头，便登上了最上面的那个人的肩膀。

“公子，你要倒立。”最上面那个杂耍人摇摇欲坠，努力支撑着吐蕃王子。吐蕃王子这才发现，要倒立，就要和他两手相握，然后倒立着撑起自己的身体。

本来在高空中能够站在最顶端，已经不容易，现在还要倒立，这真是有些冒险了。

吐蕃王子犹豫了，可是低头看到圆台下可莹的目光，是那样清澈纯真，充满信任。他下定决心：“好，你把手伸给我！”

那个人将手伸向吐蕃王子，吐蕃王子撑着他的手，身体慢慢地倒立起来。幸好他从小习武，有武功底子，不然还真的无法完成这个高难度的动作。

可莹站在圆台下，紧张地看着最顶端的吐蕃王子。当他倒立成功的一瞬间，她高兴得拍手叫好起来：“成功了，成功了！喂，你要卖给我们一匹小马驹。”

“这位姑娘，等公子下来后，我们马上就兑现承诺。”驯兽员恭敬地回答，眼中却闪过一丝凶光。

可莹没有发现这一点，她全部的精力都集中在吐蕃王子身上。围观的人群响起了如雷般的掌声。

就在这时，棚顶上忽然以绳索吊下几个人，执剑向吐蕃王子刺去！吐蕃王子一惊，正要起身对抗，手却被身下那个罗汉攥得结结实实的。就这么一犹豫的空当，他的心口中了一剑！

事情发生得太突然，可莹完全没有预料到。她惊叫一声："有刺客！"

那名驯兽员满脸杀气，向可莹扑了过来。说时迟，那时快，可莹一脚踢在那个人肚子上，向圆台中央跑过去："救命啊！杀人啦！"

顾轻羽和几名御林军冲了出来。他们分为两路，一路去救可莹，一路去救吐蕃王子。

罗汉迅速垮台，吐蕃王子跌落下来，身受重伤，无力地倒在顾轻羽怀里。可莹吓得直哭："王子，王子，你要挺住！"

"可莹，这个马戏团有问题，我们赶紧出去！"顾轻羽命令身后的御林军，"你们抓活的，务必查出幕后主使是谁！"

"是！"

此时观众们也都被吓懵了，一股脑儿地往外冲去。可莹在顾轻羽的带领下冲出马戏团的棚子，才发觉后背已经湿透了。

顾轻羽抱着吐蕃王子上了马车，可莹也跟着上去，用手帕捂住吐蕃王子的心口："王子，你千万不要有事，都怪我，都怪我！"

"不怪你……"吐蕃王子睁开眼睛，艰难地说，"我……我没有把小马驹，给你赢过来。"

"这个时候还管什么小马驹！"可莹的眼泪不受控制地流了下来。

顾轻羽皱紧眉头，一把扯下自己的袖管，将吐蕃王子的伤口包扎起来。他道："殿下，你先别说话，等会儿回了皇宫，太医会来为你诊治的。"

吐蕃王子点了点头，脸色因为失血变得苍白。他深深地看了可莹一眼，晕了过去。

三

回到皇宫，吐蕃王子受伤的消息顿时传了出来。太医们纷纷赶往宫苑，用了最名贵的药材进行救治。可莹知道自己责任重大，跪在御书房外面请罪。

如果不是她，吐蕃王子也不会受这样重的伤。

害怕加上疲劳，让可莹感到困倦。她的眼皮有千斤重，可是她不敢睡去，只跪在金砖上，期待着皇帝能召见她。

一阵环佩叮咚的响声传来，御书房的门开了。可莹忙抬头望去，却看到皇后站在灯影里，正得意地看着她。

“事情已经没有挽回的余地了，你还跪什么跪，回去吧。”皇后红唇轻启，说出一句刺心的话。

可莹磕了一个头：“我想见皇上一面。”

“见什么见，你以为你还能逃脱责任吗？”皇后弯下腰，眼中蛇蝎之色渐显，“你的下场，会无比凄惨。”

说完，她就冷冷一笑，带着宫女施施然离去。临走前，她故意踩了可莹的手一下。

可莹忍住剧痛，无声地忍了下来。等皇后离开，她才察看自己的手背，发现已经是红肿一片。

眼前渐渐模糊一片，可莹的泪一滴滴地落了下来。

皇后说的没错，她的下场，会无比凄惨。

原本是要吐蕃归顺大唐，这次出了刺客事件，必然会引起两国纷争。她完了，彻底地完了。

“可莹，你的手怎么了？”淑妃从身后赶来，正好看到她紧紧握住自己手背。可莹赶紧将手往身后藏：“淑妃娘娘，可莹罪该万死，这点儿伤痛算不了什么。”

淑妃一怔，将她的手扯出来：“可莹，不到最后，不许说‘完了’这种话！遇到刺客不是你的错。”

“可是……”可莹泪凝于睫。

“好了，我会向皇上说明一切。如果要担责任，我也有一份，是我同意你带着吐蕃王子出宫的。”

可莹摇头：“不，淑妃娘娘，是我的责任，和你无关。”

淑妃叹息一声，拍了拍她的肩膀，走进御书房里。可莹继续在外面跪着，等待皇帝的传召。

许久，淑妃才走出来，面露怜惜地道：“可莹，你先回去吧，皇上今日有很多奏折要看，不能见你。”

“娘娘，您让我见一见皇上……”可莹跪行两步，忽然看到淑妃摇了摇头。她怔住，明白这是无能为力的意思，只好道：“那娘娘，我就先回去了。”

可莹起身，揉了揉跪得酸胀的膝盖，往吐蕃王子宫苑的方向走去。到了地方，他看到一群太医正在忙里往外，有几个正在交头接耳地商量。

顾轻羽见到她过来，忙走过来：“可莹，吐蕃王子伤势不重，但是仍然在昏迷中。你能回忆起，当时你们都吃了什么，做了什么吗？”

可莹点了点头：“我们买了面人儿和走马灯，去了马戏团……”她看了看桌子，上面放着面人儿，还有那盏走马灯，已经被人挤坏了一个角。

一名太医忙走过去，低下头嗅了嗅那面人儿，然后认真检查了下走马灯，勃然变色。

“面人儿里有毒！”太医喊道。

可莹一怔：“怎么会！我们是在一个白胡子老爷爷那里买的！”

其他几名太医走上前，检查了下面人儿，都摇了摇头说：“事情已经很清楚了，面人儿里有毒，幸亏王子殿下食用得少，要不然可就无力回天了。”

可莹震惊，木然站在原地。她怎么也想不到，那个笑容和蔼的老爷爷也会是刺客中的一员。

“先为殿下解毒吧。”太医们开始商量药方。

可莹颓然坐下，心头剧痛。顾轻羽见她脸色不对劲，忙安慰道：“你别急，刚才几个侍卫回来，说已经抓到了一名刺客。”

“真的？”可莹一跃而起。

顾轻羽点头说："没错，几个侍卫拼尽全力，将抓到的刺客押回宫。明日将由皇上亲自审问。"

可莹这才放心下来。她低声道："那我明日也要去看皇上审问刺客。"

顾轻羽陪她回了宫，青儿早已听说发生的事，低头不敢多说一句话。可莹没有去休息，而是埋头在小厨房里熬起了汤。

这汤是解毒的，虽然太医会为吐蕃王子解毒，但是她觉得自己不做点儿什么，总是过意不去。

她蹲在小炉子前，看红彤彤的火苗舔着锅底出神。不一会儿，那锅里的汤就"咕嘟嘟"地滚开了。

可莹将熬好的汤放在小坛子里，交给青儿送到吐蕃王子宫苑，自己却困倦极了，坐在小板凳上，靠着墙沉沉睡去。顾轻羽走进来，看到沉睡的可莹挑了挑眉，随手拿起一件长衫，给她披上。

"公主，无论将来发生什么事，都有我守护着你。"黑暗中，他斩钉截铁地说，像在发誓。

翌日，可莹起了个大早，带上青儿去了吐蕃王子宫苑。可是刚进门，她就听到里面传来太医沉痛的声音："王子还没有醒，这可怎么办是好啊……"

可莹站在门口，朱红门上的金黄铆钉反射出耀眼的光，刺痛了她的眼睛。她颤抖着转过身："怎么办，王子殿下还没醒，是不是就醒不过来了？"

"不可能的，公主你别多想。"青儿带着哭腔安慰她。

可莹心里猫抓似的，难受极了。就在这时，顾轻羽从里面稳步而出，低声道："公主，皇上已经去审那名刺客了。"

"希望能审问出什么来。"可莹低眸细语，怯怯地问，"顾轻羽，你能带我去吗？"

顾轻羽点头："当然可以，你跟着我去大理寺。如果那名刺客耍花招，你也能想想点子。"

可莹恹恹地点头。她原本有一肚子的鬼点子，现在心情压抑，一个都想不出来。

刑部下面的大理寺，专门关押朝廷重犯，所以层层把关，不是要紧人物是进不去的。顾轻羽带着可莹，向看守表明身份，进入了大理寺。

这里阴森潮湿，可莹每一步都走得小心翼翼，躲避着随时从角落里蹿出的老鼠。到了一间铁屋子门口，顾轻羽停步，回头看可莹。可莹立即会意，这肯定是皇上正在里面审问犯人。

“金城公主，顾侍卫，你们等会儿再进去，皇上正问话呢。”门口一名看守对他们说。

只听里面传来皇帝威严的声音：“你为什么要刺杀吐蕃王子？”

刺客哼哼两声：“拿钱办事，也没什么恨不恨的！只是不知道，我们这趟又刺杀又下毒，吐蕃王子死了没？”

“你们收了谁的钱，说！”皇帝发怒。

刺客沉默了很久，才桀桀地笑了起来。那个笑声阴冷险恶，让站在门外的可莹顿时起了一身鸡皮疙瘩。

“我们是受金城公主指使的。”刺客说，“她负责把吐蕃王子引出宫外，我们负责杀掉王子。”

可莹脑袋“嗡”地一下，陷入一片空白。她不敢相信自己听到的，木呆呆地望着那扇铁门。

只听皇上问：“真的是金城公主指使的？”

“就是她！是她亲自拿了定金给我们，要我们务必在马戏团动手。为了以防万一，她还在面人儿里下了毒！”

可莹再也忍不住，推门进去：“你胡说，我从来都不认识你！”

“公主！”顾轻羽追进去，让可莹赶紧跪下，然后跪在皇帝面前：“皇上，金城公主一片赤诚之心，怎么可能刺杀吐蕃王子？这其中必然有误会，还望皇上明察！”

皇帝的目光冷到了极点，似是山顶积雪，于是可莹的心便一寸一寸地冷了下去。

他不信任自己，从来都不。

“父皇，儿臣没有做过这样的事……”可莹将头重重地磕在地上。她期望皇帝能够像前几次一样原谅自己，但是她听到的却是一句冷哼。

“可莹，是我看错你了。”

可莹抬起头，难以置信地看着皇帝，不相信这句话是他说出的。只见他冷睨着她，淡淡地说：“你就在这大理寺里反省吧。”

“皇上！”顾轻羽急声道，“公主身娇体弱，不适宜待在这大理寺里，还是让她在自己宫里吧。”

“那好，你就面壁一个月。”皇帝提步就往外走，龙袍蹭到可莹的胳膊，她只觉得麻木。

顾轻羽忙去扶她：“公主，快起来，地上凉。”

可莹木然地站起来，看到木架上绑着的那名刺客，刺客正阴鸷地看着她，唇角勾起一个狡诈的笑容。如果在往常，可莹一定会质问他为何要冤枉自己，但她现在一句话也说不出来。

因为皇帝彻底怀疑她了，她只觉得天都要塌了。

可莹转过身，在顾轻羽的搀扶下慢慢往外走。一直到上了车辇，她才有力气说话：“顾轻羽，我做错了什么？为什么皇帝连听我一句辩解都不肯？”

顾轻羽沉默了一下，才回答：“吐蕃王子中毒，偏偏是你买的面人儿里的毒，这已经够让皇帝怀疑了。加上刺客指认，所以……”

他没有说下去。可莹笑得有些发苦：“我明白了。顾轻羽，我本来是要为皇上减轻负担，这下子大唐和吐蕃的关系紧张，皇上更是不可能放手对付宁家了。”

“公主不要想太多，这件事归根结底因我而起，我也有责任。”顾轻羽垂下眼眸，眸中神色伤痛。

可莹摇头：“你这几天一定要好好守着吐蕃王子。这次是我好心办坏事，只能让你帮我弥补了。”

车辇已经到了宫苑门前，顾轻羽先跳下车，扶可莹下车。他一边扶着可莹往宫苑里走，一边深深地看着她：“公主，你不必自责，在我看来，一个善良的笨蛋比一个聪明的恶人要强很多。所以，没有好心办坏事这种说法，只有恶人当道。”

可莹怔怔地看着顾轻羽，他的脸部轮廓在天光的映照中是那样温柔英俊，让她刺痛的心瞬时舒缓起来。

“公主，你先休息吧。”顾轻羽关上宫室的门。

可莹怔怔地站在宫室里，看天光透过薄纱宫窗，在地上投射下一块明亮的光斑。

她这才反应过来：“善良的笨蛋？顾轻羽你说我是善良的笨蛋？”

可恶……

可莹想拉开门喊住顾轻羽，问问他为什么要把自己当作笨蛋，可是右手刚刚触碰到门，她便触电般地缩回了手。

“没错，我是笨蛋。”可莹颓然倒在床上。

皇宫果然是比王府还要需要心计的斗场。在王府，她虽然没有盟友，但是她的敌人也只有侧王妃和李媛媛。在这里，她的敌人有的在明处，有的在暗处。一旦敌人出手，必然要将她置于死地。

还有，如果她当时稍微聪明一点儿，也不会带吐蕃王子去看那场害人不浅的马戏表演。

可莹懊恼地捂住脸，发出一声呜咽。

四

两日过去了，可莹都老老实实地待在宫室里，平心静气地抄写经书。因为要面壁思过，所以可莹不能随意走动，别人也不能来看望她。日子就这样猛然无聊起来。

青儿每日都来给她送饭，带来了各种各样的消息，但是大部分都是坏消息。

比如说，听闻今日宁家父兄上书皇帝，请求将吐蕃王子押为质子，然后主动发兵吐蕃。反正吐蕃王子受了这样一场罪，肯定要怪罪大唐，不如主动出兵。

“荒唐！怎么就能轻言战事呢？”可莹听了，心中生出一股怒气，“一旦开战，黎民百姓将陷入水深火热之中！他们这样做，不过是为了让父皇对宁妃网开一面罢了！我就算舍上我的一条命，也要告诉父皇真相。”

“公主！”青儿赶紧拉住可莹，“你现在去了也无济于事，只能祈祷吐蕃王子早日醒来。”

可莹闻言，脚步有千斤重，再迈不出一步。

“青儿，你是不是隐瞒了我什么事情？宁家父兄为了宁妃出此下策，那他们也会要求父皇惩治我吧？”可莹问。

青儿低下头，嗫嚅地回答：“是……是这样的……他们是提过这件事，但是皇上没有答应。”

可莹顿时心情低落：“今天没有惩治我，明天也会的。”

“不会的，公主，你别乱想。”青儿将可莹搂住，劝慰道，“公主，不管怎样也要保重身体，你快吃饭吧。”

可莹这才慢慢吃起饭来。一餐用毕，青儿收拾完碗筷离开，宫室里只有可莹一个人。

夜深了，天上星子一闪一闪地眨着眼睛。初秋的深夜，空气格外凉爽，沁人心脾。

可莹心绪飘到了九天之外。她一会儿想到吐蕃王子尚在昏迷，生死未卜，一会儿想到宁家父兄以军功要挟，宁妃可能会摆脱冷宫，柔妃的冤屈仍然不能申诉，就心情烦躁。

她跪在窗前，双手合十，向上苍祈求："愿苍天能够听到我李可莹的心声，若能让世间冤屈得以昭雪，让恶人得到惩罚，让吐蕃王子能够醒来，我愿意减寿十年。"

两行清泪从她的脸颊边滑下，无声地滴落在地面上。

也许上苍听到了可莹的祈求，到了第三天，青儿就带来了一个好消息："公主，吐蕃王子醒过来了！"

可莹又惊又喜，激动得一句话也说不出来。这些天来，她抄写了厚厚的经书，就是为吐蕃王子祈福。

青儿道："我把公主抄写的经书给王子殿下拿去吧，让他知道，公主为了他也费了不少心力。"

可莹怔了怔，摇头道："我都没脸见他，要不是因为我，他也不会受这样重的伤。"

青儿掩唇一笑："你都不知道吐蕃王子有多好笑，他醒来第一件事就是去大理寺找那个刺客。我们都以为他要打刺客一顿，没想到他抓住那名刺客问：'马戏团是不是你们的人，答应我的小马驹什么时候卖给我？'"

可莹"扑哧"一笑，发觉心里竟然轻松了很多。

"他真的这么说？"

青儿点了点头："是啊，他还嚷嚷着说，那小马驹是要送给可莹的。"

可莹心中感动，轻轻地笑了起来。她忽然想到一件事："对了，顾轻羽呢？我已经很久没有见到他了！"

正在这时，门外忽然奔进一名宫女，神色慌张地道："公主，大事不好啦，顾侍卫晕倒了！"

第七章 一片冰心在玉壶

“什么！”可莹提步就往外冲。

她顾不上皇帝的禁令，也顾不上掂量时局，她只知道——那个不笑的时候清冷如白雪，笑起来的时候温暖和煦如春风的顾轻羽，晕倒了。

“顾轻羽，你还没认祖归宗，千万不能死啊！”可莹推开宫苑的大门，就往外跑去。

顾轻羽是在柔妃的宫中晕倒的。因为吐蕃王子醒来，暂时不需要他照看，顾轻羽就赶到了柔妃宫中。当时柔妃准备吃一块蜜糕，顾轻羽怕蜜糕不新鲜，就提出先尝一尝。没想到，这一尝就尝出了问题。他吃下一口后，当时就晕倒在地。

可莹到了柔妃宫中的时候，柔妃正在哀哀地哭泣。看到可莹到来，柔妃凄然道：“金城公主，你快来看顾侍卫，他可能不行了！”

“顾轻羽，顾轻羽！”可莹扑到床前，看到顾轻羽躺在床上，面色苍白，双眼紧闭。

一旁的太医道：“娘娘，公主，你们都不要着急。顾侍卫吃得不多，毒素并未进入脉息。老臣已经给他灌了药，应该无碍了。”

可莹这才稍稍放下心来。她回头看到柔妃的泪眼，心中立即痛楚起来。

柔妃经过这段时间的调养，失心疯已经治愈了大半。可莹劝慰着说：“柔妃娘娘，你大病初愈，不要太伤心了，我皇兄会没事的。”

“不，我要看着我的麟儿。”柔妃摇头，忽然睁大了眼睛，“他醒了！”

果然，顾轻羽嘴唇翕动了几下，随即睁开了眼睛。可莹惊喜道：“顾轻羽，你醒了？”

顾轻羽看着她，虚弱地点了点头。

“谢金城公主前来探望……”

“谢什么谢，你跟我还那么客气做什么？为了你，我死也甘愿！”可莹鼻子一酸，泪意上涌。

就在这时，宫外忽然传来宫人的通传：“皇上驾到，皇后娘娘驾到——”

可莹和柔妃赶紧接驾。

皇帝和皇后娘娘双双赶到。他们一听到柔妃宫中发生了中毒事件，就匆匆赶过来。

“柔妃，你没事吧？”皇帝心疼地将柔妃扶起。这个曾经宠冠六宫的女子，为他受了太多的委屈。

柔妃摇头：“谢皇上关怀，臣妾无碍，如果不是顾侍卫，臣妾恐怕已经气绝身亡了。”

皇帝看向顾轻羽：“顾侍卫，你护驾有功，朕会赏你。”

顾轻羽谢恩。

皇后在旁边看着，忽然觉得这一幕刺眼无比。十几年前的那个来自回纥的绝色美人，如今又一次进入了皇帝的视线。她心里又嫉又恨，看到可莹站在一旁，脑中顿时闪过一个念头。

她想，就拿可莹当出气筒吧。

“金城公主，皇上不是让你面壁思过吗？怎么自己跑出来了？你这是抗旨不遵！”皇后开始发难，转而看向皇帝，“皇上金口玉言，所下的每一道旨意都不容违抗。皇上，你说对吗？”

皇帝怔了怔，下意识地看了柔妃一眼。柔妃眼波温柔，眸光里带着恳求的意味。皇帝顿时明白了柔妃的意思，心里微微疼了起来。

她总是这样善良，不忍身边的人遇到难处。

其实，他又何尝不是？在他心里，其实可莹和亲生女儿没有什么两样。

皇帝思忖片刻，皱起眉头：“皇后，你也先别急着给金城公主定罪，也许事出有因。金城公主在面壁思过期间，仍然有人给柔妃下毒，这说明幕后指使者不是金城公主！”

皇后忙说：“可万一金城公主有同谋……”

“公主出身王府，只是一个庶女。没有足够的财力，该如何买通刺客？公主刺杀吐蕃王子的动机又是什么？”皇上一一反问。

顾轻羽从床上挣扎着起身，说：“皇上，皇后，如果真的是公主指使，那吐蕃王子中毒，公主岂不是难以逃脱嫌疑？皇上，这诸多疑点，都足以证明金城公主无罪！”

皇帝沉思着点头：“的确如此，疑点太多。”他惭愧地看着可莹，“父皇冤枉你了。”

可莹红了眼睛，哽咽道：“父皇，儿臣只有一个愿望，那就是大唐能够永续盛世。”

皇帝赞赏地点头。皇后眼看着可莹又要逆转局面，忙道：“就算吐蕃王子不是你害的，你也有责任！皇上，你不能就这样溺爱可莹，随意宽宥她！”

话音刚落，外面就传来一声清朗的声音：“那如果我宽宥她了呢？”

众人齐刷刷地往门口看去，只见吐蕃王子稳步走进来，一双黑眸深邃明亮。他跪地道：“见过皇上。”

皇帝忙将他扶起：“你大伤初愈，刚解了毒，怎么就到处乱走？”

“我听闻金城公主被罚面壁思过，实在于心不忍，忙找皇上说明情况。”吐蕃王子沉声道，“面人儿是有人提前安排好的，马戏团是我要去的，整个事件和金城公主没有丝毫关系！我不怪公主，也不怪大唐！”

“你真的心无芥蒂？”皇帝惊喜地问。如果是这样，他根本就不用理睬宁家父兄出征的请求。

吐蕃王子摇头道：“当然，我吐蕃对大唐一向怀着赤诚之心！如果皇上还有所怀疑，那我就在此表个态，我吐蕃愿意与大唐结好，两国疆土永无纷争！”

他的语气笃定而坚决，皇帝忍不住动容：“好，大唐也有结交吐蕃为友邦之意。不过王子殿下伤病未愈，还是要先休养几日，然后朕会摆下宫宴，一是为王子殿下压惊，二是庆祝两国结好。”

“那金城公主呢？”吐蕃王子不忘追问一句。

皇帝哈哈一笑，道：“既然不是她的错，那朕就不用罚她了。金城公主，还不快谢恩？”

可莹这才回过神来，她自由了！

“谢父皇。”可莹谢恩。她抬起头后，才看到皇后满脸愠色，应该是被这反转的一幕气得不轻。

皇帝又和柔妃说了几句话，便带着皇后离去了。吐蕃王子因为要休养，也被宫人扶上车辇。

四下无人的时候，可莹才收起笑容，眼中泪花闪现。顾轻羽虚弱地问：“你怎么又哭了？你不用再面壁思过，吐蕃也归顺了大唐，应该开心啊。”

“你以为我看不出来吗？”可莹的眼泪终于落了下来，“顾轻羽，你是故意中毒的，对不对？”

“我是故意的，但我都是为了你好。”顾轻羽艰难地说，“你被罚面壁思过，如果有人在这个时候中毒了，不恰好说明你不是幕后黑手吗？”

可莹心里难过，眼泪止不住地往下流。

柔妃在旁边坐立不安：“金城公主，不是我们瞒你，这都是我的主意。我毕竟老了，所剩时间不多了，可是你还年轻，你不能像我一样被冤枉一辈子！”

可莹惊呆了。她没想到，竟然是柔妃让顾轻羽以中毒来洗清她的嫌疑。那毕竟是她的孩子。

“我……我对不住你们，我让你们付出……太多了。”可莹哭得几乎不能说出一句完整的话。柔妃心疼地将她搂在怀里：“好端端的，别说这些了。金城公主，咱们的下一步，就是督促皇上尽快查明十几年前的真相，给麟儿一个名分。”

可莹揉了揉眼睛，发现眼泪完全模糊了视线。一只手递来一块丝帕，她接过来擦干净眼泪才发现，那是顾轻羽强撑着坐起来递给她的。

“我其实并不在乎皇子身份，我只要活得明明白白。我是谁，我生在这世上的意义是什么，我都要知道。”他微微一笑，笑得洒脱自然。

可莹重重地点了点头：“我李可莹也再次发誓，一定要让你得个明明白白的结果。”

二

因为可莹撇清了嫌疑，所以皇帝重新审问那名刺客。终于，刺客忍受不住严刑拷打，交代出自己是宁家父子豢养的暗卫。他还指认了那枚白虎令牌，正是宁家暗卫所专用的。

皇帝勃然大怒，立即将宁家父子投入天牢。宁家父子承认他们为了营救宁妃暗杀吐蕃王子，想以征战来保住宁妃的地位。

可莹心里明白，原因很简单——吐蕃王子没有被成功刺杀，但是宁家父兄却以为，真正的皇子已经死在他们手里。

杀掉皇子的罪行，要比谋杀使者大多了。所以宁家父子怎么都要掩盖血洗镖局这件事，好以此来掩盖曾经偷走皇子的事情。

可莹有些焦急，事情又陷入了僵局，拖下去只怕夜长梦多。

“公主，这件事我自然会处理妥当，你就不用操心了。”顾轻羽见可莹一连几日都眉头不展，只得出言安慰。

可莹耸了耸肩膀道：“他们是不会承认的。你想，谋杀皇子是死罪。哪个会乖乖承认呢？”

她望向宫苑，目光空茫。此时已是深秋，宫中树木已显金黄，到处都是萧瑟之景。

“那依你之言，我该如何是好呢？”顾轻羽问。

可莹沉吟片刻，忽然想出一计。她笑得开怀：“顾轻羽，我想到了！能够让宁家父子承认罪行的办法！只不过，这招要先要得到父皇的支持。”

她附在顾轻羽的耳边说出了整个计划。顾轻羽时而皱眉，时而惊讶，时而哈哈大笑，时而恼火。

柔妃在旁边看得心惊肉跳：“金城公主，你们在商量什么呢？”

“娘，您就别担心了，可莹的计划非常棒。”顾轻羽的眼眸中带着浅淡的笑意，温声安慰柔妃。

柔妃这才点了点头：“你们要计划得万无一失才好。”

天牢。

因为一连几天下雨，天牢里弥漫着一股略带酸味的潮湿。刺客耷拉着脑袋坐在地上，显然已经沉入梦乡。

就在这时，一阵杂乱的脚步声传来，有人打开了牢房大门："起来起来，吃饭啦！"

刺客不悦地咕哝了一声："深更半夜吃什么饭？"他往地上瞄了一眼，顿时睁大了眼睛。

鸡腿、排骨汤、白米饭、美酒……这分明是断头饭！

"你们这是……"刺客惊恐地看着眼前的狱吏。为首的狱吏将风帽拉下来，毫不客气地说："快吃，吃完了好上路。"

刺客定睛一看，顿时大吃一惊。那个人有一张瓷白的俏丽面孔，一双灵秀的美目，分明是金城公主！

"看什么看，赶紧吃了好上路。"可莹催促刺客。刺客知道自己犯的是死罪，也不多说，拿起鸡腿狠狠啃起来，最后捧起酒壶一饮而尽。他眼中充满了血丝，一副视死如归的模样。

可莹吩咐身后狱吏："将他带走。"

刺客被押着往外走，却没有被押送到刑场上，而是被押到一辆马车上。车帘掀起，可莹坐了进来，和他四目相对。

"你……"刺客愕然。

可莹压低声音道："我是大将军的人，这次来救你出去的！等会儿会有人替你赶赴刑场。"

刺客难以置信地瞪着可莹："可是，你是金城公主，怎么会是大将军的人呢？"

可莹诡秘一笑："大将军能偷走皇子，难道就不能换公主了？"

刺客惊讶得下巴都要掉下来了。

"难道我之前诬陷你是幕后指使者，还真没说错？"刺客简直不相信自己的眼睛。他歪打正着，居然打到了自己人！

可莹沉痛地点了点头："要不是你后面扛下那么多严刑拷打，我还真的以为你是故意暴露我。”

“不对，明明是大将军让我们来陷害你，你怎么可能是我们这边的人？”刺客还是有些怀疑。

可莹笑了笑：“那是苦肉计。”

“我不明白。”

可莹转过目光，幽幽地说：“大将军和我早已商定了脱身之计。所以不管你们如何陷害我，我还会好好地坐在这里。这样做的目的就是，我就是要让皇帝觉得冤枉了我，这样他心里认定对我有所亏欠，我说什么，他才会答应什么。你说是吗？”

“的确是这样，是属下误解了公主和大将军。”刺客惭愧地道。

可莹摆了摆手：“算了，给你个将功赎罪的机会，你答应吗？”

“请公主吩咐，臣定当万死不辞！”

此时，马车已经驶出了天牢，车夫催促道：“公主，时候不早了，你要快点儿回宫了。”

“知道了。”可莹匆匆忙忙地道，然后回头嘱咐刺客，“你这次逃出生天后，绝对不能再回宁府，那里已经布下重兵。”

刺客忙道：“是，我会到山林里隐姓埋名，随时听候大将军的调遣！”

“去山林隐居也不是好办法。”可莹叹气，“你知道十几年前的那个孩子吗？皇上现在下令彻查此事，宁家要有麻烦了。”

刺客闻言，眼中神色急切慌张：“什么！”但他很快就反应过来，“公主不要担心，那个孩子已经被我们烧死在镖局里了。死无对证，这件事没办法扳倒宁家。”

可莹眼神闪烁：“可是，那个孩子并没有死。”

“不可能！我们已经将镖局上下血洗一空，没有一个活口。”

“千真万确，白虎令牌就是那个孩子故意丢到皇帝面前的。”可莹叹气道，“现在大将军被关押，那个孩子还活在人世间，实在是个隐患。”

刺客心领神会，立即道：“公主，不如你告诉我那个孩子在哪里，我去彻底了断。”

可莹说：“那个孩子失踪了，谁也不知道他的真面目。我们现在只有一个办法！”

“什么办法？”

可莹掏出一块玄武令牌，双手递给刺客：“这块令牌是张家暗卫的，你把这个丢到镖局里，万一皇上查起来，我们可以把嫌疑引到张家。”

刺客犹豫地道：“可是，皇上会相信吗？”

“你忘了，之前我已经用过一次苦肉计了。只要我在皇上面前哭着说一定是张家做的，皇上一定会心软，认为我说的话是对的。”可莹自信满满地说。

刺客这才放心下来：“是，一切听公主筹谋。”

“快去吧，我也要回宫了。不然皇上该怀疑我了。”可莹装出一副着急的样子。

刺客运起轻功，从马车里跃到车外，转眼就消失在苍茫暮色里。可莹掀开帘子望向他离去的方向，露出一抹得意的笑容。

三

夜色中，刺客骑着一匹马，在郊外的小路上狂奔着。他凭着记忆找到了镖局所在，然后勒马轻呼："吁——"

自从上次火灾将这里的一切吞噬之后，这里就成了一片废墟，偶尔有流浪汉在这里寄宿，更是让这里蒙上了一层苍凉之感。

风声呜咽，仿佛有人在低泣。

刺客掏出那块玄武令牌，扔在焦黑的废墟中，然后冷笑一声。

就在这时，黑暗中忽然传来幽幽的一声："我不想死……"

刺客吓了一跳，从地上捡起一根木棍："谁在那里？"

"我不想死，你们为什么要杀掉我！"那个声音继续说着。刺客目露凶光，高高举起手中的木棍，却忽觉一股力道按住自己肩膀，半边身子立即麻木，怎么都动不了。

他手一松，木棍掉落在地上。

"你……你到底是谁？"刺客终于害怕了，"我和你无冤无仇……"

"无冤无仇？"那个声音反问，"那你为什么要偷走我，然后等我长大后，又来杀我？"

刺客睁大眼睛，结结巴巴地道："不可能，公主说你还活着……"

"活着！这么大的火，我怎么可能活着！"那个声音狠厉起来，带着浓浓的戾气，"今日，你就用命来偿还我的冤屈吧！"

刺客此时只能慢慢挪动身体。他也不懂为什么，一向武功高强的他，仿佛被无数双无形的手按住。他惊恐地为自己辩解："不是我，都是大将军下的命令。我只是一名暗卫，什么都不知道！"

话音刚落，他就觉得眼前一亮，无数支火把在眼前出现。原本焦黑一片的废墟上，居然出现了大片御林军。

刺客蒙了。

"这，这是怎么回事？"

御林军让开一条路，皇帝带着贴身侍卫从人群中走出，目光决然："如果不是朕亲耳听到，还真的想不到，宁家居然有胆子杀害皇子！”

刺客这才明白中了计：“不，皇上，那是我乱说的！”

可莹从皇帝身后走出，笑了笑道：“你在马车里和我说过的话，难道也是胡说的吗？你可清清楚楚地说，是大将军谋划了这一切呢。”

“你！你骗我！”刺客目瞪口呆。

可莹踢了踢地上的玄武令牌：“不骗你，你怎么能说实话呢？这令牌上被我涂了摸了就会全身麻痹的药物，不骗你，你怎么能上当呢？”

刺客恨得目眦欲裂：“金城公主真是狡诈多端！”

皇帝在旁边听得不悦：“你还想添一条辱骂皇族的罪名吗？”

“父皇，儿臣有话对他说。”可莹在得到皇帝的同意后，走到一堆瓦砾后，“出来吧。”

顾轻羽慢慢地从瓦砾后面站起来。原来，刚才那个吓得刺客魂飞魄散的“声音”，就是他发出的。

可莹看向刺客，不卑不亢地说：“是，我狡诈，我骗了你！但是你想过没有，你骗了他的人生十几年！这十几年来，他原本该生活在皇宫里，却在镖局里为人送镖。不仅如此，你们还杀死了他的养父和兄弟。我是奸诈，但好过你们凶残，没有人性！”

她说完，刺客便惊愕地睁大了眼睛。皇帝也愕然道：“可莹，你是说，顾侍卫是……”

可莹往皇帝面前一跪：“父皇，儿臣没有及时禀报，请求父皇原谅！”

“别说这些了，你快说是怎么回事！”

可莹拉了拉沉默的顾轻羽，让他在身边跪下，才说：“父皇，我演了这样一场戏，就是为了告诉你——顾轻羽就是当年那个被抱出宫的孩子！他一直在你身边。”

皇帝倒抽一口冷气，用颤抖的手指着可莹：“你……你怎么不早说？”

“因为顾轻羽是我带进宫的，如果直接告诉父皇他的身份，很容易就会被人怀疑他假冒皇子身份。侍卫突然成了皇子，到时候一定会有臣子提出，为什么世事会这样巧合？可是现实就是这么巧合！再三思量之下，我们才没有将真相直接告诉您！如今水落石出，这名刺客可以证明，当时他们就是在此谋杀皇子，而那个皇子，就是顾轻羽！”

顾轻羽从怀里掏出那张绣着回纥乐乐谱的襁褓。可莹将那块布呈给皇帝：“父皇，这是当年柔妃绣在襁褓上的乐谱。”

顾轻羽擦了擦眼角的眼泪，指着周围的废墟说：“皇上，这一块曾是我以前练功的地方，那一块曾是我和兄弟们一起睡觉吃饭的房间，这一块曾是我们的账房。还有那棵大树，我在树下埋了三坛酒，还有一口放着碎银子的箱子。”

皇帝给身后的宫人使了个眼色，立即有人跑到树下开始挖掘泥土。不多时，他们便挖出了三坛酒和一箱碎银子。

宫人们仔细察看后才对皇帝道：“陛下，箱子上的锁看上去被泥土腐蚀得厉害，怎么也有三四年光景了。”

皇帝道：“再尝尝这酒。”

宫人们开封，尝了尝酒：“回皇上，这酒的味道也对，是封在地下三四年了！”

种种证据，都表明顾轻羽是如假包换的皇子。皇帝这才怅然若失，眼神复杂地看着顾轻羽。

可莹有些急了。她都搜集了这么多证据，为什么皇帝还是不肯相信顾轻羽就是自己的孩子呢？

顾轻羽也是，跪在那里低着头不说话，这个时候难道不该抱着皇帝的腿，痛哭流涕吗？

“父皇，你对顾轻羽的身世还有什么疑问？”可莹小心翼翼地问，“如果还有，我们可以找柔妃娘娘……”

“回宫吧。”皇帝打断了她的话。

可莹睁大眼睛，难以置信皇帝会如此命令。虽然她不是皇帝的亲生女儿，但她仍然能感受到皇帝是一位慈父。这样的一位父皇，为什么面对自己的骨肉，反而有些疏离呢？

“父皇……”可莹还想说什么，顾轻羽拉了拉她的衣袖，示意她不要继续说了。

可莹失望地看着皇帝转身离去。他只丢下了一个命令：“刺客罪该万死，就地处决！金城公主有功，待回宫后论赏！”

可莹呆呆地跪在地上，忘记了起身。她不要赏赐，不要嘉奖，她只要皇帝认下顾轻羽这个儿子。

自从娘亲去世，她就很少体会到亲人的温暖。可是，她再悲惨，也没有顾轻羽悲惨——她好歹还有娘亲陪伴的童年，而顾轻羽从来都没有经历过。

“公主，起来吧。”顾轻羽站起身，向可莹伸出手来。

可莹动也不动，抬头看着顾轻羽：“你怎么能那样冷静呢？皇帝连提都不提认亲的事，你都不愤怒吗？”

顾轻羽蹲在她面前，捂住胸口：“其实，在说出这一切的时候，我就已经没有遗憾了。”

“怎么？”

“你以为我告诉皇上，这镖局废墟里的情况是为了证明自己的身份吗？”顾轻羽苦笑着摇头，“我不过是在告诉皇帝，我这许多年的生活。”

可莹呆呆地看着他，不知道该说些什么。

“我一直在想，如果有一天我找到了父亲，我一定要告诉他这么多年，我是怎么活过来的。我要让这些细节填满我和他之间，让他不要因为没有亲自抚养我而感到愧疚。因为在我迷茫痛苦的岁月里，我一直将他幻想成思念着我的父亲，是这种信念支撑我在皇宫里经历了那么多曲折。”

可莹震惊了：“你……”

顾轻羽摇了摇头，眼中隐隐有泪光浮现：“我是真的不在乎当不当皇子，只要真相大白，就可以了。”

可莹吃力地从地上站起来，揉了揉酸痛的膝盖：“是我误会你了，咱们回宫吧。”

“对不住，天威难测，这次可能要连累你了。”

可莹摇头：“什么连累不连累的，我被你救了很多次，也该轮到我救你一次了。”

话虽如此说，她的心里却沉甸甸的。

如果皇帝不能接受顾轻羽，那么前路将会非常艰难。加上皇宫里明争暗斗，未来走到哪一步，还真的是无法预测。

可莹没想到，刚回到属于自己的宫苑，就有一队御林军将宫苑包围。顾轻羽问了下原因，他们只回答说是奉皇上之命。

青儿惊慌失措：“公主，是不是你的计划失败了？”

“计划成功了，皇上亲眼目睹宁家暗卫诬陷别人，并且听到他亲口承认刺杀皇子的事。”可莹冷静地回答。

“那为什么……”

可莹重重地坐在椅子上，拍了下椅子扶手：“父皇并没有认顾轻羽。”

青儿瞪圆了眼睛：“那完了！这是最关键的一环，也是我们布了这么多局的目的所在啊！”

可莹揉着眉心，无奈地呻吟：“谁说不是呢？可是现在我真的猜不到父皇心中所想。”

想起往昔，可莹五岁能吟诗，七岁有辩才，聪明伶俐。娘亲夸赞她有一颗七窍玲珑心，善解人意。

可是这样的她，实在猜不出皇帝对顾轻羽的真实态度，是她太愚笨，还是皇帝太高深？

可莹就这样心事重重地睡去。

四

翌日，青儿服侍她起床，轻声细语地道：“公主，那些御林军还没退去呢。”

“这下子凶多吉少了。”可莹愁容满面地望着青铜镜里的自己，“皇上该不是怀疑顾轻羽冒名顶替吧？”

“可是既然皇上觉得顾侍卫是冒名顶替，为什么还会相信宁家的罪行？”青儿疑问。

可莹脑中乱糟糟的一片，蓦然起身：“陪我去小厨房，我要做一道糯米丸子吃。”

“啊？”青儿有些发蒙。君心难测也就罢了，连公主的心思也难测了吗？

“既然活不长了，那还不如吃点儿好的。”可莹步履坚定地往外走。青儿顿时欲哭无泪：“不要，公主定会千岁千岁千千岁的！”

她没想到，可莹会在这个时候提起断头饭！

可莹目光决然，快步走到小厨房。还没进去，她就嗅到一股香味，似乎是糯米丸子。

走进去，顾轻羽果然在灶台前站着，手里正端着一盘糯米丸子。见了她，他笑了笑说：“我正想找公主呢。受了公主这么多恩惠，我还没为公主做过什么，只好做这道糯米丸子给公主尝尝。”

可莹默然无语，两个人真是想到一块去了。

片刻后，可莹、顾轻羽和青儿坐在一起，开始吃那盘糯米丸子。

糯米丸子的味道很好，可是吃的人心情不好，于是这味道也就不怎么样了。毕竟，这是散伙饭。

“你说，皇帝会怎么处置我们？流放，还是囚禁，还是……”青儿吃着糯米丸子，忽然悲从中来。

可莹狠狠瞪了她一眼：“别说不吉利的话！”

顾轻羽淡淡地道：“如果皇上怪罪下来，我一力承担。”

正想着，头顶上忽然落下一个声音：“可莹，我不会让你出事的。”

三个人愕然，抬头望去，只见屋顶的一片宫瓦被揭开，露出了吐蕃王子的脸。可莹顿时哭笑不得："王子，你怎么在屋顶上？"

"听说你被御林军包围了，我要来救你！"吐蕃王子说着，又掀开了一块宫瓦。

顾轻羽瞪了他一眼："吐蕃王子，你可以从屋顶跳下来，然后从宫室的门进来。"

"要你管！现在是非常时期，懂不懂！"吐蕃王子嘴上反驳，却按照顾轻羽说的，从屋顶上跳下来，走进了宫室。他尴尬地咳嗽了两声，对可莹说："你跟我回吐蕃吧，皇上看在我的面子上，肯定会应允的。"

可莹扭过头："不。"

"我吐蕃不如你们中原，但是也不差！"吐蕃王子急了，"留在这里，万一皇上下旨要你削发为尼，就无法挽回了。毕竟金口难改啊！"

"那他们呢？"可莹一指顾轻羽和青儿。

吐蕃王子摊了摊手："他们我可顾不上。你要知道，皇上生气的主要原因是顾轻羽啊。"

"那我也不走。"可莹往桌前一坐。

吐蕃王子急了："你怎么还看不明白呢？皇上根本就不想认顾轻羽为儿子啊！他不想认的人，肯定……"

他没有说下去，但是可莹知道，他要说的是什么。

顾轻羽淡淡一笑："吐蕃王子，我很感谢你伤病刚好一点儿就赶过来救公主。但是这次你想多了，皇上可能会将我流放，不可能杀我。"

"为什么？就凭你的血脉？我没来中原之前，就听说过你们中原人为了利益，可以置血亲于不顾！"吐蕃王子说得慷慨激昂。他看向可莹："所以最开始，我对公主的态度很不友好。但是我很快就发现，公主是一个重情重义之人！"

可莹刚想说什么，忽然门外飘来皇帝的声音："你说的没错。"

这声音很威严，带着极强的震慑力，让室内四个人吓得头发都要倒竖。

可莹目瞪口呆地看着皇帝走进来，心里只剩一个声音：完了！

皇帝肯定听到了吐蕃王子的言论，此时内心肯定更加愤怒。她站在原地一动不动，心里在盘算着应对之策。

没想到皇帝扫了众人一眼："跟朕走。"

"皇上，"青儿带着哭腔说，"求你放过公主和顾侍卫，青儿愿意替他们受死！"

"什么死不死的。"皇帝面无表情，"只是让你们跟我走。"

可莹一头雾水地跟着皇帝往外走，吐蕃王子、顾轻羽和青儿紧随其后。皇帝走得很快，到了宫门口便挥了挥手，御林军立即跟随其后。

皇帝一路走到了宫墙高台之上才停步。可莹满腹疑问，却也只能跟上。等到了高台之上，她疑惑地问："父皇，你带我们来这里，是要说什么吗？"

面前是巍巍皇宫，犹如群山，连绵不绝，一直到极目之处的天边。屋脊上的灵兽，在阳光的照耀下，折射出闪亮的光点，让人睁不开眼睛。

远处，几名皇子正在校场练习射箭，不时有欢呼之声遥遥传来。再近的地方就是皇家学堂，几名太傅正往书堂里走。他们是帝王之师，专门给皇子公主们讲课。

这样鲜亮的明黄色，只是一些点缀，就让人觉得无比温暖。皇帝回头看顾轻羽："你到朕跟前来。"

顾轻羽走上前去。

皇帝一指远处："你看，那是朕的孩子习武的地方。"他再一指近处，"这里是他们读书习字的地方，有时候我会检查他们的功课。这里，这里是他们居住的地方，他们由不同的母亲抚养，朕忙完政务，就会去看他们。"

顾轻羽眼中潮湿，渐渐浮现出泪光。

皇帝感慨道："朕从来都没有想过，还有一个孩子流落在外，还有一个孩子在想念我。从昨天到今天，朕一直在想，要用什么来弥补他。最终，朕只想带你来看咱们大唐的皇宫，告诉你，如果你在朕身边，你会在哪里生活，怎样生活。"

他眼中也有水光浮现，一股浓浓的父爱浮现在他眼中，全然不似昨日的彷徨、迷茫……

顾轻羽嘴唇动了动："皇上……"

"叫我父皇。"皇帝轻轻拍了拍顾轻羽的手背。顾轻羽眼中带泪，一把抱住皇帝痛哭起来："父皇，父皇……我还以为你不想认我！"

"傻孩子，怎么会呢？"皇帝也流下眼泪，"朕只是一时无法接受。轻羽，并不是朕不认你，而是……当朕知道朕十几年都在犯一个错误，朕不知道该怎么弥补……"

"我不需要弥补，我只要生活在亲人身边。"顾轻羽的眼泪浸湿了皇帝的肩头。

这一幕来得太意外，可莹怔怔地站在原地，不知所措。吐蕃王子拍拍胸口，长舒一口气："皇上，你包围了金城公主的宫苑，我还以为您不想认顾轻羽，要杀了他们。"

皇帝这才解释道："朕是怕宫里有人加害金城公主和顾轻羽，毕竟，一名皇子背后代表的东西太多了，这皇宫里暗怀心思的人太多。"

可莹这才明白过来，原来派御林军包围宫苑，不是软禁他们，而是保护他们。

她笑道："恭喜父皇与哥哥团聚！"

"朕已经决定了，下个月就进行册封大典，册封顾轻羽为八皇子，并对柔妃进行正式册封。"皇帝眼神中充满了愧疚之情，"如果十几年前，朕不是那样偏听偏信，你们母子俩也不会受这么多年的苦。"

顾轻羽感动至极，竟然一个字也说不出来。可莹和吐蕃王子相视而笑，原本吊着的心都放下了。

第八章 香魂渺渺无处寻

一

这个深秋，皇宫里迎来了大喜事。柔妃正式被封妃，顾轻羽被皇帝正式认为皇子，位列第八，成为八皇子，改名为李轻羽。

与此同时，宁家父兄妄图制造大唐和吐蕃的矛盾，妄图杀害八皇子，宁妃祸乱宫廷，也都受到了应有的惩罚。

消息传来，有人欢喜有人愁。据说，安乐公主将自己关在房间里整整三天。可莹知道安乐为什么黯然伤神，因为她居然喜欢上了自己的哥哥。

可莹也再次见到了父亲、侧王妃和李媛媛。侧王妃始终不敢抬眼看可莹，而李媛媛则一脸愤愤不平。她们一定在腹诽，为什么可莹运气这样好，连身边侍卫居然都能是皇帝失散多年的儿子。

“也只能说苦尽甘来。当初我是一个处处受欺负的小庶女的时候，谁能想到我能走到今天呢？”等送走邠王一家，可莹对青儿感慨。

青儿笑了笑，低声说：“公主，据说皇后病了，要不要去看看？”

“她是皇后，是本宫的嫡母，按照

礼节当然要去看望。”可莹垂下眼睫，慢慢摇着扇子。她知道，皇后得的是心病。

眼下这种情势，受打击最大的人是皇后。要知道，宁妃是她一手培养起来的妃嫔，是她最得力的左膀右臂，如今被送到寺庙里，终生不得出，这相当于砍掉了她的左膀右臂。

宫室里，皇后坐在椅子上，面目冷然。角落的金鸭香炉，慢慢吐出几缕青烟，在空中变幻出数种形状，然后消弭不见。

室内弥漫着淡香，但这种香味只能让人觉得骨子里发冷。

“娘娘，您当初真的没有看错，那个可莹真的是个祸害精。”宫女粉蝶一边给皇后捶着腿，一边道，“她之前无论怎样闯祸也就算了，现在居然把八皇子给找了回来！皇上将分发贡品的差事交给了八皇子，这样一来，三皇子的地位更加岌岌可危了。”

三皇子是皇后所出的皇子，因为皇后是继后，加上三皇子不是长子，天资又愚钝，所以一直没有被立为太子。

“哼！”皇后攥紧拳头，目光里透出怨毒，“本宫也是轻敌大意了，没想到被可莹搅出这样大的风浪！”

“娘娘，不如一不做二不休，咱们……”粉蝶做出一个砍脖子的动作。皇后目光一紧：“你怎么说？”

粉蝶笑得阴险狡诈：“娘娘，眼下柔妃不是多重要的人物。她毕竟刚从冷宫里出来，很多事情都要适应，而且依仗的也无非是八皇子和可莹罢了。咱们既然要解决八皇子和可莹，就干脆来个一石三鸟，把淑妃一起解决了吧！”

“你……”皇后惊得失声道，“淑妃虽然在妃位，但是她的地位无人能撼动！你有多大的胆子敢算计她？”

粉蝶道：“娘娘，难道你就一直甘心位于她之下吗？你是皇后，正宫之主，怎么能让一个妃子压过了头去？”

皇后怔了怔，终于下定了决心：“那你说怎么办？”

“娘娘，我们可以这样……”粉蝶附耳诉说。皇后听着听着，眉头渐渐舒展开来。她冷冷一笑，道：“你这招，真是一石三鸟之计啊！”

窗外，簌簌风声过后，几片落叶萧萧而下。萧瑟的冬天，似乎真的要到了，皇宫里到处都是一片肃杀的景象。

二

因为李轻羽不能再做可莹的侍卫，所以可莹要从皇宫的御林军里挑选出一名武士做自己的贴身侍卫。

可莹现在是皇帝眼前的红人，所以许多武士争相报名。可莹无奈，只得宣布会进行一系列的选拔比赛，而李轻羽就担任主考官。

选拔比赛的那天上午，李轻羽穿着盔甲来到校场。校场上有十八般兵器，还有专供骑射的场地，一群武士摩拳擦掌，已经在场上等待了。

可莹带着青儿施施然来到了校场。李轻羽见了她，挑了挑眉："皇妹，你对武士对决也有兴趣？"

"那当然，选拔的可是我的贴身侍卫，我总有权利观战吧？"可莹歪着头道，高耸发髻上垂下的步摇，在脸颊边金闪闪地晃动着。

李轻羽笑了笑："内行看门道，外行看热闹，我是怕你看不懂这里面的内情，选出一个不适合你的贴身侍卫。"

可莹轻哼一声，撇了撇嘴："你不就是想说你是最合适的贴身侍卫吗？可惜你现在是我皇兄，没办法时时刻刻跟着我了。"

"所以，我才要给你挑选出最精壮的贴身侍卫。"李轻羽目光锐利地扫向全场，大声问，"报名参选金城公主侍卫的武士，都已经到了吗？"

武士们顿时发出如雷的吼声："到了——"

李轻羽满意地点了点头。然而就在这时，一个戏谑的声音响起："还有我。对不住，我迟到了。"

这声音有点儿熟悉，可莹循声望去，只见一个人轻裘缓带地走过来，一身天水碧的锦袍衬托得他飘然若仙。秋风浩荡而过，鼓起了他宽大的袍袖。一眼望去，仿佛他下一秒就会飘然飞到九天之上。

可莹再定睛打量，才发现面前这个人居然是吐蕃王子。

吐蕃王子踱步到跟前，重复道："还有我。"

众人顿时惊诧连连。

"王子殿下，你是来观战的吗？"可莹问道。

吐蕃王子伸出一根手指，在她面前晃了晃：“不，我是来参战的。”

可莹还以为自己听错了，想了想，笑着问：“你是说错了吗？参战的意思，就是要报名当我的侍卫。”

“我没说错，我就是要当你的侍卫。”吐蕃王子上前一步，“大家听好了，不要将我看成吐蕃王子，我是来应征金城公主的侍卫的。”

可莹震惊得说不出话。李轻羽走上前，瞥了吐蕃王子一眼：“王子殿下，你现在的身份是吐蕃的王子，大唐的贵客，是不能当金城公主的侍卫的。”

“怎么不能？”吐蕃王子往前走了一步，与李轻羽四目相对，“我可不像某些人，当了皇子就丢开了金城公主。”

“我是迫不得已。”

“我也是一位王子，为什么我都能，你不能？”吐蕃王子强词夺理。

眼看两个人之间剑拔弩张，可莹赶紧拉开他们。她明眸善睐，礼节有度地对吐蕃王子道：“王子殿下，李轻羽的身份已经变了，再做我的侍卫有辱皇家体面。另外，选拔侍卫也是父皇的安排，希望你不要让我为难。”

吐蕃王子看了可莹一眼，毫不在意地一笑，走到武士队伍里。他高声道：“金城公主，我不是来为难你的，我就是想要当你的侍卫！如果我能赢过其他人，我亲自向皇上请旨，绝不让你出面！”

武士们面面相觑，都不知道吐蕃王子这番举动是何用意。

可莹见吐蕃王子表情坚决，在心里掂量了一下，高声回应道：“好！就按你说的做！”

李轻羽讶然，低声道：“皇妹，他是吐蕃王子，不可能当你的侍卫，万一当选了，去向皇上禀报，岂不是你不敬吐蕃？”

“众目睽睽，是他自己非要来搅局，怪不得我。”可莹摊了摊手。她心里明白吐蕃王子的本事。一个吐蕃来的王子，来比试中原武功，那无论如何也是赢不了的。

可是很快，可莹就后悔了。

吐蕃王子既然是来搅局的，那他就不可能按照规则来。他居然在第一轮就无视李轻羽的安排，非要把射箭比赛改成选丑大赛。

“你说什么，貌美的不可以当我的侍卫，貌丑的才可以？这简直是无稽之谈！”可莹听到吐蕃王子的提议后，哭笑不得。

吐蕃王子笑眯眯地道：“你们知道兰陵王的故事吧？前朝的北齐有一位名叫高长恭的大将军，被皇帝封为兰陵王。他因为相貌太过俊美，所以总是震慑不住敌人，为此，他故意戴上了一张面具。果然，戴上面具的他所向披靡，见到他的人无不闻风丧胆。这充分说明，只有貌丑的侍卫，才更具杀伤力。”

李轻羽乜他一眼：“你对中原的历史研究得倒是挺多的。”

“那当然，我向来喜欢中原的历史。”吐蕃王子得意地看着长得好看的武士们低着头离开。

可莹无语了。吐蕃王子为了能够当自己的侍卫，不惜承认自己貌丑，这种人在整个大唐皇宫里找不出第二个。

“符合条件的武士有三十二名，我们继续比赛。”李轻羽肃然道，“接下来的三轮比赛分别是骑马、射箭和剑术！吐蕃王子，你有异议吗？”

“有！”

可莹两眼一黑，跺脚问：“你又有什么异议？”

吐蕃王子道：“骑马和射箭可以放到一起来比赛，否则也太单调了。”

“你的意思是？”

“这里有一只蹴鞠，你们大唐人不是最喜欢玩这个吗？”吐蕃王子道，“我们可以分为两队，甲队踢蹴鞠，乙队射这只蹴鞠。甲队能让乙队射不中蹴鞠，那就算甲队赢。否则，就是乙队赢！赢的那一方才有资格比赛剑术。”

武士们被这个提议鼓动了，这样一来，赢面就大了。

要射中一只滚动的蹴鞠，是挺不容易的。但是说不定自己运气很好地抽到了甲队呢？

人人心里都盘算起了小九九，都想进入第三轮的剑术比赛。“我们同意！”“吐蕃王子的想法不错。”

李轻羽眉心微蹙，墨眸中似有碎冰铺陈：“从来都没有射蹴鞠的先例！这校场上的现成的靶子，不是比蹴鞠更好吗？”

吐蕃王子嘿嘿一笑：“八皇子，我问你，刺客入宫来行刺公主，是会像蹴鞠一样神出鬼没，还是像靶子一样站在那里等着你抓他？”

“这两个没有可比性。”

可莹却若有所思地道：“有点儿道理，刺客不会像靶子一样站着啊。”

吐蕃王子忙道：“你看，金城公主都答应了。八皇子，你应该尊重金城公主的意见。”

说着，他不待李轻羽回答，举起手中的草棍：“大家听好了，这里有长短两种草棍。抽到长的算甲队，抽到短的算乙队！”

武士们一拥而上，将草棍抽光。抽到长的草棍的，仰头大笑以示兴奋。抽到短的草棍的，则垂头丧气一言不发。

但是他们很快都笑不出来了。

因为吐蕃王子举起了自己手中的草棍——那是一根最长的草棍。他心安理得地道：“这样看来，只有我一个人在甲队了。等会儿我就踢蹴鞠，你们来射蹴鞠吧！”

众武士这才发现自己上当了，纷纷向可莹诉苦：“金城公主，这样一来，吐蕃王子肯定赢！我们全部被淘汰了！剑术根本就不用比试了。”

可莹心头五味杂陈，无奈地看着吐蕃王子得意的笑。这世上最让人无法忍受的一种情况就是：有人百般搅局，你还不能赶走他。

“皇妹，你不用理会，我去让吐蕃王子离开。”李轻羽说着就要上前。可莹忙将他拉住，道：“你还看不出来吗？他就是看你在这皇宫里根基不深，才敢如此挑衅。”

“那又如何？今日是给你选侍卫，不是举办蹴鞠比赛。”李轻羽铁面无私，神情冷峻。

可莹叹气：“吐蕃王子是大唐的贵客，我们不能随意驳斥他，否则他颜面不存，大唐也受牵连。”

李轻羽略一沉吟，忽然心生一计，顿时面露笑容。他对吐蕃王子道：“既然王子都开口了，就按照王子说的办！只不过，我也要应征金城公主的侍卫，所以我将会参加乙队。”

吐蕃王子一怔，随即明白李轻羽的所思所想：“你现在已经是八皇子了，不能当金城公主的侍卫。”

“可是你刚才还斥责我当了皇子，就抛下公主不管呢。”李轻羽不慌不忙地道。吐蕃王子无法反驳，这等于搬起石头砸自己的脚。他只得道：“那好吧。不过我话说到前面，你就算加入乙队，我也赢定了。”

蹴鞠射箭比赛很快就开始了。李轻羽和三十二名武士坐在马背之上，背后背着箭筒，一手持弓，一手拎着缰绳。吐蕃王子深吸一口气，猛然踢向蹴鞠，蹴鞠顿时向宫墙外飞去！

“啊！”可莹失声惊叫。她没想到吐蕃王子会有如此心机——只要将蹴鞠踢到宫墙外，乙队射不中蹴鞠，就等于李轻羽他们输了！

就在这眨眼间，李轻羽飞快地从身后箭筒中拔出一支利箭，上弓后迅速瞄准，然后猛然放手，那利箭便向蹴鞠飞去，瞬间穿透！

这一系列动作发生得太快，以至于可莹都没看清楚过程。李轻羽放下弓，翻身下马，对吐蕃王子道：“你输了。”

吐蕃王子微微一笑：“没想到我这样做，你都能赢。你们中原有句话叫作‘君子一言，驷马难追’。那好，我退出。”

可莹走上前，彬彬有礼道：“我知道王子殿下关心我的安危，但是我们的身份代表着责任。这个身份是国家和子民赋予的，轻易不能更改，否则就会辜负我们肩头上的责任。”

“公主一席话，让我心服口服。看来我是关心则乱了。”吐蕃王子拱手道，“因为你入宫后有过太多波折，我实在不忍再看下去。”

可莹有过一瞬间的茫然，为吐蕃王子的这句“太多波折”。

深秋的苍穹格外高远，她目光苍茫，淡淡地说：“希望未来，再也不要有这样多的波折。”

希望此生安稳度过，岁月静好。

三

吐蕃王子一番折腾，让原计划上午结束的选拔，闹到了傍晚。李轻羽为可莹最终选出的侍卫，名叫成武。

成武生得五大三粗，胡子拉碴，相貌十分丑陋。

李轻羽仔细打量这个侍卫，然后拍拍他的肩膀以示亲厚："公主的安危就托付给你了！"

可莹送走吐蕃王子后，远远看见李轻羽向成武嘱咐着什么。

夕阳金色的光辉打在李轻羽的身上，将他伟岸的身躯在沙场上拖出一道长长的投影，举手投足间，李轻羽都尽显皇家的风采。

经过这一天的折腾，可莹觉得热得慌。她摘下腰间的丝帕，煞有介事地扇起风来。

李轻羽听见可莹的脚步声，回眸看向她，映入眼帘的却是美人撩帕扇风擦香汗的场景。他愣住了，直到听到可莹唤他回神。

李轻羽回过神后，神色严峻。他一把扯过可莹的手帕，冷声问道："你这手帕怎么会有这种香味？"

可莹莫名其妙："是青儿帮我熏的，怎么了？"

"我在宫里行走这么多天，还没见过其他人用过这样的香料。"

可莹讶然："就我一个人用？这我可担不起。"

李轻羽呆呆地站着，似乎在脑海中思索着什么。可莹心里怀疑，让成武退到几步开外，才问："皇兄，你到底想起了什么？"

"这香味，我在其他地方嗅到过。"李轻羽沉吟道，"就在那个襁褓上面，就有这种淡淡香味。"

可莹抽了抽鼻子，仔细嗅了嗅那手帕："青儿说这是从西域来的贡香，二十年不淡，一百年不散，香味经久不衰。怎么了？"

"当年皇帝宠爱我母妃的时候，也赐过这种贡香，据说全府上下只有她一人有此殊荣，就连皇后当年也没有这样的待遇。"

可莹讶然："这香这样珍贵？"

“不错。后来我入宫后，发现从我母妃之后，再无其他人用过此香，除了你！”李轻羽加重了语气。

可莹一怔，有些不知所措：“怎么会这样呢？”在皇宫里，吃穿用度都是有讲究的。皇后和安乐公主都没有用上的贡香，怎么能轮到她来用呢？

“也许是我想多了，这香没有什么异常。”见可莹皱紧眉头，李轻羽忙出声安慰道。

可莹摇了摇头：“皇宫里波诡云谲，还是事事小心为妙。皇兄，这条丝帕我不会再用，你那边也多留意些。”

她的脸色迅速沉下来，再也没了少女独有的天真。

告别了李轻羽，可莹匆匆登上轿辇回到自己的宫苑。一进门，青儿就喜滋滋地迎了上来：“公主，我下午刚为你熏了两件衣服，等你参加祭祀的时候就能穿了。”

“什么香？”

“还是上次用的贡香。”青儿道。

可莹心头一沉：“把这两件衣服全部给我烧掉。”

青儿一怔：“为什么？”

可莹没有回答，心里突突乱跳，总觉得哪里不对劲。一般香料的气味，顶多维持几日就会消散，而这种贡香居然能持续几十年而不散。更重要的是，整个皇宫里，居然只有她和柔妃使用过这种贡香。

青儿还想再问，但是看到可莹面上冷若冰霜，只得赶紧岔开话题。她看到可莹身后的成武，惊道：“这是谁？”

“我新选出的贴身侍卫。”

青儿看着成武那张丑陋的面孔，心里忍不住打起鼓来，吩咐道：“你在门口守着吧，里面就不用你操心了。”

成武眼神闪烁：“可是臣很担心公主的安危。”

“没有你，还有其他的侍卫，你就守在宫门口就行。”青儿皱了皱眉头。她忍不住想起李轻羽，这两任侍卫的容貌差别太大，就像是满汉全席和吃糠咽菜的区别，她实在是适应不过来。

成武只好退到宫苑门口守着。等到夜幕降临，四下无人，他才偷偷地离开了宫门口。

他一边走一边警惕地观察四周，终于，成武来到一处华丽的宫苑，向守宫的宫女通报了一声，宫女就扭头进去了。半晌，宫女才走出来："皇后娘娘让你进去。"

这里正是皇后娘娘所居住的凤华殿，戒备森严。成武连忙走进去，越过九曲回廊，走过几道拱桥，才来到一处宫室门口。

成武推开门，看到皇后坐在桌边，身后还站着宫女粉蝶。见他进来，皇后淡淡地扫了他一眼："本宫不是吩咐过了吗？不是最重要的消息，就别来见我！你才去可莹处当差不到一天，怎么就急匆匆地来了？"

"娘娘，臣有要事禀报！"成武忙跪下。

皇后声音温和，面色却冷冰冰的："起来吧！本宫倒是意外，派出去那么多人，可莹居然选了个最不起眼的。"

成武恭恭敬敬地回答："回娘娘，是吐蕃王子掺和了进来，所幸娘娘提前布局，多派了几个人进去，臣才成功潜伏到了公主身边。"

皇后不悦道："你到底有什么事要禀报？"

"娘娘有所不知，臣也是迫不得已才来见娘娘。全是因为金城公主对自己使用的一种香料起了疑心，臣唯恐这耽误了娘娘的好事，才过来禀报。"成武小心翼翼地抬眼看着皇后。

皇后一凛："她居然起了疑心？"

"是，宫女青儿为她熏了两身衣裳，也被她命令烧掉了。"成武有板有眼地回答。他偷偷抬眼，观察着皇后的表情，果然看到皇后面上闪过一丝惊慌。

正如他所料，那香料必然和皇后有关系。

"知道了，劳烦你来禀报。"皇后努力掩饰内心的慌乱，"粉蝶，给成武十两赏银。"

"是。"粉蝶应声，从袖中掏出十两银子，放在成武手中。成武见钱眼开，赶紧千恩万谢。

皇后从袖中掏出一个小纸包，递给成武："这个你收好了，找个机会，放在金城公主的汤里。"

"这……"成武变了脸色，"娘娘，臣是金城公主身边的新人，金城公主如果中了毒，这不用想，其他人也能猜到是臣做的！"

"谁让你害她了？"皇后笑得诡异。

粉蝶将那个纸包拿过来，拆开后，用手指沾取一点儿放入口中。成武愕然地看着粉蝶，有些不敢相信。

她居然把毒药吃了？

"这不是毒药，这是好东西。"粉蝶将纸包重新包好，塞到成武手里，"你看，我吃了一点儿，什么事也没有。这下子，你可以放心了吧？"

成武这才重新露出笑容："既是如此，那臣就放心了！娘娘，臣定当尽心竭力为娘娘做事。"

"回去吧，路上仔细点儿，别让其他人看出端倪。"皇后倨傲地吩咐。

"是！"

等到成武离开，皇后才揪紧了手中的帕子："粉蝶，没想到可莹这么快就察觉了。"

"既然她已经起了疑心，那必须要快刀斩乱麻了。"粉蝶不慌不忙地道。

皇后眯了眯眼睛，眸光阴险："是啊，所以我才给了成武那个东西！本想设计让淑妃也用上那个香料，没想到来不及了。罢了，就这么办吧，我有办法让淑妃死！"

粉蝶道："娘娘英明，淑妃哪里能对抗得过娘娘？"

"就是啊……这个局，我布了十几年了！"皇后咬字极重，尾音带着一种诡秘的幽深，就这样散在微凉的空气中。

夜色四合，笼罩着层层叠叠的宫室，又被廊檐下的宫灯所驱散。无数飞虫扑入烛火中，焚出小小的火花。

四

可莹一夜未眠。

翌日，她将沾染过香料的衣裳、器物等都丢到杂房里去，并让青儿把御赐的香料呈上来。那香料盒子很是精致，雕刻着繁复的镂空花纹。打开盒盖，一股浓郁清幽的香味立即飘了出来。

“公主，就算宫里上上下下只有你一个人用这香料，这也没什么吧？”青儿依旧没有意识到问题的严重性，语气中充满侥幸。

可莹看了她一眼，将香盒盖上：“不是我一个人在用，柔妃也用过。算了，你把这盒香料锁起来，谁都不要碰！”

青儿从来都没见过可莹有过如此凝重的神色，没敢多问，立即将香料拿走锁了起来。等她从宫里出来，看到可莹正呆呆地坐在长廊下想着心事。

短短一夜，可莹的身影多了几分寥落，不再是以前那个眉宇间意气风发的王府千金了。

青儿忍不住感叹，这皇宫里波诡云谲，到底是太复杂，让可莹无形中变化这么大。

她正想上前安慰可莹几句，忽然看到内宫局宫女兰芝从外面进来。一见到青儿，兰芝就笑道：“青儿姑娘，这是公主这个月的份例。”

份例是宫里每个月提供给皇子、公主和妃嫔们的衣裳、银两和食物等东西。青儿忙迎上去，看到份例里面没有可莹忌讳的香料，才松了一口气：“谢谢兰芝姑娘。”

“不必道谢。对了，我还有几个宫没去呢，得先走了。”兰芝目光闪烁，和青儿打过招呼就匆匆离开。

青儿捧着放份例的托盘，正要转身往宫里走，可莹已经从长廊下走了过来：“这是这个月的份例？”

“是，公主，和往常一样，只是少了那盒香料。”青儿将托盘往可莹面前凑了凑。

可莹伸手翻了翻，份例是两身新衣服，二十两银子和一些琐碎的茶点贡品。其他也没有什么新奇的，就是那两身衣服比以往送来的要雅致很多。她细细看了看，忽然惊道："这衣服不对！"

"哪里不对？"青儿吓了一跳，忙将托盘放在石桌上，拎起那两身衣服一看，顿时明白了。

这宫装用贡缎制成，上面用银线绣着清雅脱俗的芍药，明明就是妃嫔才穿的宫服。青儿再翻了翻，发现托盘底部刻着"锦荣宫"三个字，顿时笑了起来："公主，这是她们送错了，把应该送给柔妃娘娘的东西，送到你这里了。"

"这样啊。"可莹若有所思地道，"既是如此，那我们就去柔妃娘娘那边一趟吧，也好跟她说说话。"

话音刚落，成武就从宫门外大踏步走进来，跪地道："公主，何必亲自跑一趟，臣给柔妃娘娘送去就是了。"

"罢了，你一同去吧。这份例我还是亲自送去，顺便看望下娘娘。"可莹仔细打量了下成武，心里还是不踏实。

万一这份例被人动了手脚，自己可就跳进黄河也洗不清了……

虽然这看上去是一件小事，但祸端往往是在细微之处埋下的。

除了送份例，可莹还有另一层打算，那就是旁敲侧击地问柔妃，还记不记得当年使用过的香料。

可莹让青儿准备妥当，又准备了几份礼品，才施施然去了锦荣宫。

柔妃因为在冷宫住了太长时间，所以体质很差，畏寒，常常要在室内养病。可莹刚进了宫室，就嗅到一股淡淡的药味，心里明白大概是柔妃又感染风寒了。

"成武，你在外面等着。"可莹扭头吩咐成武。成武答应一声，低头站在门口等待。

"娘娘，金城公主拜见。"宫女掀开了纱帐。纱帘后，一个窈窕身影晃动，接着柔妃的声音传出："本宫身子不好，让公主见笑了。"

一股淡淡的香味立即从纱帘后面飘了出来。可莹皱了皱眉头，确定这香味和自己使用的贡香是同一种。

“娘娘说哪里的话，我本就该来探望，现在才来，娘娘应该宽恕我失礼。”可莹看着柔妃那张孱弱苍白的小脸，将柔妃扶坐在床上。

柔妃摇了摇头：“来看什么，这都是十几年的老毛病了。”

“吐蕃王子从西域带了许多珍贵药材，要不看看有没有能对娘娘症状的？”可莹问道。

“这是月子里的病，治不好的。”柔妃无奈地摇头轻笑。

可莹心头一凛，立即记起了李轻羽的话。他说，当年他的襁褓上，留着和她用过的香料一模一样的香味……

“那娘娘在生产之前，也是身子强健的了？是不是用了什么东西，才导致经常生病的？”可莹急声问。

柔妃怔怔地看着她，眼神涣散，似乎在回忆着什么：“为了轻羽的健康，我什么都没用……”

“那你有使用香料吗？”可莹抓住柔妃的手。柔妃茫然看了她片刻，忽然脸色大变，嘴唇泛起青紫色：“我……我……”

“娘娘，你快说呀！”可莹预感到自己距离真相越来越近了。然而就在这时，柔妃一张口，哇的一声吐出一口鲜血！

血喷到可莹的衣裙上，立即浸染成一大朵血花。可莹悚然松手，抱住瘫软下去的柔妃：“娘娘！你怎么了？太医，快叫太医！”

宫女们乱作一团，忙不迭地去请太医。可莹跪在床边，抓着柔妃的手，只觉得那双手冰凉滑腻，眼泪忍不住一滴滴地落了下来。

怎么会这样呢？刚才还是风华绝代的西施美人，现在突然倒在床上不省人事。可莹实在接受不了这个事实。

李轻羽从外面进来，疯了一般地扑过来：“母妃！母妃你怎么了？”

“皇兄，娘娘突然吐血了！”可莹哭得上气不接下气，“我已经让人去请太医了。”

李轻羽眼睛通红，抓着柔妃的手，一声声地呼唤着她。可是柔妃闭着眼睛躺在床上，动也不动，似乎已经陷入了昏迷。

约莫一刻钟时间，太医总算赶来了。他匆匆走到床前，顾不得铺方巾在柔妃手腕上，直接按在她脉搏处，凝眉诊断起来。

“太医，怎么样？”可莹看太医脸色不佳，颤着声音问道。

太医收回手，将柔妃的眼皮掀开看了看，摇头叹息道：“回禀公主，回禀八皇子，准备后事吧……”

可莹的脑袋嗡的一声响，陷入了一片空白。

李轻羽将太医的领口揪住，黑眸里几乎要喷出怒火：“你说什么？我母妃只不过是感染风寒！你快开药，开药啊！”

“八皇子……”太医哆哆嗦嗦地跪下，“柔妃眼下青黑，指甲存有黑血，臣疑心是中毒身亡，眼下还是赶紧禀明皇上，查出真凶啊！”

“中毒？”李轻羽一怔。

可莹这才晃过神来，下意识地道：“那盒贡香！”

李轻羽一把将可莹的手抓住，拉住太医道：“太医，她也用了那盒贡香，你快看看她有没有中毒？”

他一向冷静自持，此时为了她方寸大乱。可莹有些感动，忙安慰道：“皇兄，我感觉身子好得很，估计我没中毒。”

太医仔细给可莹把脉，又掀了掀她的眼皮看过，才道：“八皇子放心，臣以数十年的经验来看，金城公主没有中毒。”

李轻羽这才点了点头，颓唐地跪在床边。他看了看柔妃了无生气的脸，将目光别开，落下了两行眼泪。

十几年的分别，只团聚了短短两个月，就落得一个天人永隔的下场。

可莹忍不住心酸，命运对李轻羽太残酷了。

“爱妃，爱妃！”宫门外传来皇帝的声音。可莹抬头，看到皇帝满脸焦急地走进来。他在看到面色如灰的柔妃后，惊得后退两步：“这……怎么会这样？”

太医将事情的原委说了一遍，皇帝顿时勃然大怒：“下毒？何人如此大胆，居然敢在后宫使这种阴毒手段？”

“父皇，柔妃娘娘死得太冤了，希望父皇下令彻查！”可莹哀声道。皇帝点了点头：“眼下可有线索？”

可莹为难，不知道该如何讲起。

太医看向跪在旁边的宫女：“你们把柔妃平日里吃喝的东西都拿来，我要一一检验。”

“是。”宫女们带着哭腔回答。

因为柔妃平日里饮食清淡简单，所以也没有太多食材需要检查。太医查看了柔妃所用的中药，又检查了平日里用的糕点，摇了摇头：“回皇上，这些食物都没有毒。”

“那是有人临时下毒了？”皇帝用冷厉的目光扫向宫女们。

宫女们顿时面白如纸，纷纷磕头道：“皇上，奴婢们对主子尽心尽力，不敢有半分僭越之心。而且方才柔妃娘娘毒发的时候，只有金城公主在旁边……”

皇帝脸色一变：“大胆！你们这是说，下毒的是金城公主吗？”

“奴婢并无此意，求皇上恕罪！”宫女们吓得连连求饶。

可莹跪在一旁，忽然一阵恍惚。是了，她刚进来的时候，柔妃还躺在床上歇息，那时脸色除了有些苍白，并没有什么不妥之处。结果柔妃和她刚说了两句话，就毒发身亡……

换作是别人，肯定以为下毒的人是她！

“襁褓。”李轻羽突然开了口。

他方才如木雕泥塑般一声不吭，此时却抬起炯炯双眸，笃定地重复道：“襁褓！父皇，十几年前，用来包裹儿臣的襁褓，上面沾有异香，到现在还不散，十分反常！”

可莹想起那襁褓上的香料，打了个寒战：“父皇，你一定要好好查查那襁褓的香料。”

皇帝神色沉重，命宫女取来那件襁褓。太医上前，用银针刺入襁褓中，再抽出银针仔细观察。半晌，太医又凑在上面嗅了嗅，道：“皇上，此香无毒。”

可莹难以置信，居然会无毒？

“父皇，这襁褓已经过了十几年，估计香味有所改变，但不能说明这香料无毒！”可莹想了想，回头对青儿道，“青儿，你把我宫里的那盒贡香取出来。”

青儿忙点头答应，起身匆匆离去。

“可莹，你怎么就这样确定，这香料有毒？”皇帝疑惑地问，“这香料，可是我赐给你们的。”

“是，皇上还赐给可莹同样的一份。”可莹道，“女儿不是怀疑父皇，而是怀疑这宫里有人手脚不干净，将香料替换成毒香了！柔妃常年身体不好，女儿怀疑这毒香可能是慢性毒药，起初不会使人毙命，但是时间一长，日积月累，毒物在体内达到一定量后，就会令人毒发身亡！”

“居然有这样的事？”皇帝勃然色变，往桌边一坐，“如果让朕揪出是谁祸乱宫廷，必要斩首示众！”

可莹将李轻羽扶起来，安慰道：“皇兄，你别太伤心了，眼下要紧的是要为柔妃娘娘报仇雪恨。”

李轻羽点了点头，眸光里凝满了泪水。可莹心里清楚，替换香料的没有旁人，就只有皇后！

只有皇后，才有这样的能力替换掉内官局派送的东西！

可莹坐在椅子上，绷紧了身体，像等待一个结局的来临。如果这一步走得不错，那么祸害后宫的皇后，将会等来属于她的审判。

时间一点一滴地过去，莲花漏偶然传来一声清脆的滴响。终于，青儿从外面匆匆走进来，手里捧着那个檀木盒子：“皇上，八皇子，公主，香料取来了！”

“快让太医检验一下。”皇帝忙道。

太医颤巍巍地上前，小心翼翼地将盒子打开，将一根银针插进香粉中。半晌，他取出银针，看了看银针的尖端，摇了摇头。

“皇上，银针变黑才是触碰到毒物的表现，如今这银针没有变化，也就说明无毒。”太医道。

一瞬间，可莹脑中电光石火，飞过无数个念头。难道这盒香料无毒？可是除此以外，她实在想不出其他的可疑之处！

可莹想了想，问太医："太医，你可知道这是什么香？"

"回公主，此香是上等曼陀罗炼成的精华，千斤中才能炼得一斤。"

皇帝赫然吃惊："曼陀罗？朕不记得赐过这样的香料。而且前段时间，朕赐给金城公主的，明明是嘉木沉香！"

"有人动了手脚？"李轻羽攥紧了拳头。

太医面露疑惑："可是，那个人为什么要换成这种无毒的香料呢？"

皇帝皱着眉头，踱到那盒香料跟前，又拿起襁褓察看，陷入了沉思。忽然，他脸色一变，嘴唇迅速失去了血色，继而发青。

"父皇！"可莹发觉皇帝有些不对劲。她刚想上前扶住皇帝，就看到他向后重重地倒在地上，失去了意识。

太医吓白了脸，匆匆上前："不好！看这光景，皇上中毒了！"

李轻羽扑了上去："父皇，父皇！"他向宫人们大喊："快去请太医，越多越好！"

宫里再次慌作一团。可莹蹲坐在一旁，瑟瑟发抖。她想不通，皇帝怎么会突然中毒？

太医飞快地打开布袋，从袋中抽出几根银针，对着皇帝的穴位刺了下去。"八皇子放心，我已用银针封住皇上穴位，防止毒血流到四肢。现在看皇上中毒不深，应该很快就没事的。"

李轻羽松了一口气，这才有精力去思考其他事情。他盯着桌上的那盒香料和襁褓，忽然大声道："大家后退！离这两样东西远一些！"

可莹毛骨悚然："怎么？"

"有些东西表面上看可能无毒，但是可能凑在一块儿就能形成剧毒！"李轻羽将皇帝抬到外殿，才继续道："你们发现没有，刚才父皇是察看了襁褓，又嗅了嗅那盒香料，才中的毒！"

可莹晃了晃神，回忆方才的情形，柔妃的确是在和她说了两句话后才中毒去世的。也就是说，柔妃十几年前已经接触过这种曼陀罗香料，这种香浸入骨髓，所以柔妃即便住在冷宫里，身体都能保持香味。

然后，柔妃在接触到她的香料后，体内残留的曼陀罗香料立即发生反应，产生毒性，导致身亡……

“可是我怎么没有中毒？”可莹惊道，“如果说两种香料接触就能形成毒药，那我怎么还好好的？”

她在停用这种香料之后，在浴盆里足足泡了两个时辰，可是不管她怎么洗，都洗不掉身体上的那股香味。

这种曼陀罗香味，一旦使用就会浸入肌肤，久久不散！

李轻羽和太医也陷入了困惑。

“是啊，为什么你没有中毒呢？”太医不解地道，“按理说，你也嗅到了柔妃身上的香味，也会中毒才对啊！”

就在这时，宫外忽然传来一个冷厉的声音。

“因为金城公主，就是下毒的人！”

第九章 人心莫测夜如歌

可莹吓了一跳，忙回头看去，只见皇后站在宫门口，发髻高耸，上面插着的一只金凤翩然欲飞，在阳光的照射下散发着耀眼的光芒。

皇后眼眸中含着怨毒，快步走进宫室："你们都被金城公主骗了，她才是下毒的人！"

"皇后娘娘，你无凭无据，不能血口喷人！"可莹霍然起身，毫不示弱地和皇后对视。皇后看了一眼身后跟着的年轻太医："还不快为皇上医治。"

"是，娘娘。"这年轻太医看上去只有二十岁出头，生得唇红齿白，只是眼睛里散着一抹狡黠的精光。他快步走到皇帝身边，从袖中掏出一只木盒子，从里面取出一枚药丸为皇帝服下。

大概半盏茶的工夫，皇帝的脸色终于有所好转。他慢慢睁开眼睛："朕……还在柔妃宫里？"

"是，皇上被奸人所害，可吓坏臣妾了。"皇后立即收起所有锋芒，跪在皇帝身边泫然欲泣，"本宫在来的路上，就已经询问过精通香料的太医，他已经向本宫禀明了一切！"

"什么？"

皇后看了一眼可莹："皇上，还是让这位太医给你说说吧。"

"皇上，您中的是曼陀罗中的一种特殊的毒。"年轻太医侃侃而谈，"民间有传闻，岭南瘴毒之地生有一种毒蜂，所触花朵都会变成毒花！用这种毒蜂来为曼陀罗采花粉，养花蜜，那曼陀罗就会具有非同寻常的毒性。用这种有毒的曼陀罗制成的香粉，起初能附着于肌肤之上，用久了，香味就能浸入骨髓，十几年不散。更神奇的是，这香料平日里没有毒性，只是上乘的香料而已。只有遇到另一种情况，这香料才会转化为剧毒！"

皇帝有些茫然："什么情况？"

"制作曼陀罗的花毒，可以蒸馏，也可以烘烤。柔妃娘娘用的是蒸馏形成的曼陀罗花露，而金城公主用的是烘烤形成的曼陀罗花粉。花露和花粉相遇，就会形成剧毒！"

皇帝恍然大悟："难怪，朕拿起襁褓，再嗅到花粉，就感到一阵头晕目眩，胸口剧痛……可是，可莹没有中毒，这是怎么回事？"

"因为她就是下毒的人！"皇后斩钉截铁地道，"她提前服下解药，自然是不会中毒的！"

可莹被这剧变惊得目瞪口呆，忙摇头道："不，父皇，我没有！"

皇帝也很震惊，但随即皱起了眉头："皇后，在这宫里，能对香料做手脚的人不多。你也算一个。"

皇后大惊："皇上是怀疑臣妾了？"

"香料是份例之物，能动份例之物的人没有几个。"

"那本宫倒是明白了，这矛头是冲着臣妾来的。"皇后目光灼灼，"皇上，如果有人想要用这个法子陷害臣妾，那臣妾当如何辩解？"

皇帝沉默。

可莹哑口无言。她看向李轻羽，希望他能为自己说句话，可是他眼中也充满了震惊。

难道所有人，都认为她是下毒的人吗？

"来人，给金城公主搜身！"皇后下令。

立即有两三名宫人上前，开始搜可莹的衣服。很快，一名宫女从可莹的腰带里掏出一个纸包："娘娘，搜到一个可疑东西。"

"呈上来。"

宫人将那个纸包呈给皇后，皇后又交给那个年轻太医。可莹下意识地去看青儿，她不记得自己曾在腰带里放纸包。

年轻太医打开纸包，用手捻了捻里面的白色粉末，放在鼻翼下嗅了嗅，向皇帝禀道："皇上，这里装的的确是曼陀罗的解药！"

"不可能！"可莹浑身发冷，"我不知道这个纸包，不知道它是怎么出现的！"

皇后哼了一声："哪个贼会承认自己是贼！来人，把金城公主身边的人都押去审问。"

可莹心头一沉，下意识地去抱青儿，可是迎面而来的两名侍卫，凶神恶煞地将青儿拖到一旁。青儿边哭边摇头道："公主是清白的，你们不要冤枉公主！"

"青儿！"可莹心痛欲裂，抓住青儿的手，却被侍卫们毫不客气地拨开。她用力咬住嘴唇，心里满是悲愤。

她居然连自己身边的人都无法保护，这是她李可莹最屈辱的一天！

皇后扫了青儿一眼，道："这是个倔丫头，就不要浪费时间了。来人，把公主的侍卫押上来！"

几名侍卫从外面进来，押着成武走进来。成武伏在地上，瑟瑟发抖道："皇上饶命，皇后饶命啊！"

"只要你知无不言，本宫就不会要你性命。你说，金城公主的这个纸包是从哪里来的？"皇后目光锐利地盯着成武。

成武眼底闪过一丝狡黠和得意，表面上却装作恐惧万分的样子道："回皇后娘娘，臣刚到公主宫里当侍卫，真的不知道这些事。只是今儿上午，臣跟着公主出发之前，看到这个纸包从宫女青儿袖里掉了出来。金城公主当时就很生气，说青儿做事毛毛躁躁，就自己收起来了。公主将这个纸包放在哪里，臣真的不知道。"

可莹倒抽一口冷气："你血口喷人，我什么时候拿过这个纸包？"

青儿也道："成武大哥，你不要冤枉公主！自始至终，我们都不知道这个纸包的事情！"

皇后冷冷道："你们主仆二人沆瀣一气，自然不会承认的。成武刚到你宫中，算是生面孔，和金城公主没有利益往来，怎么会平白无故诬陷公主呢？"说到这里，皇后看向皇帝："皇上，金城公主居然敢谋杀宫中妃嫔，罪不可赦，应当严惩！"

皇帝震惊地看着可莹，眼眸中流露出痛惜和伤心的神情："可莹，你为什么要杀柔妃？"

"父皇，我没有杀柔妃！柔妃娘娘是八皇子的生母，我和她无冤无仇，为什么要杀她？”可莹喉咙里像堵了一团东西，落下了委屈的泪水。

皇后恨恨地道：“你真正的目的恐怕不是柔妃，而是皇上吧？你看，皇上不是差点儿被你毒死了吗？宫里上上下下，有权力动份例之物的人，就只有本宫！到时候你再把弑君的罪名安在本宫头上，这就是你的计谋！”

可莹惊呆了。皇后的这番指责，从逻辑上来说滴水不漏，字字都将罪责指向她。无论她如何为自己辩解，都显得那样软弱无力。

“父皇，我真的是冤枉的……”可莹泪凝于睫，凄楚地说。

皇帝垂下眼眸，疲惫的声音响彻大殿：“传朕的口谕，金城公主禁足一个月，其他人非诏不得入内，所有侍奉她的宫女先押大理寺接受审讯。”

可莹愕然地看着皇帝，他在不久前，还像对待亲女儿一样对待自己……

“皇上，金城公主弑君的证据确凿，理应褫夺封号，贬为庶民啊！”皇后声音里带着不甘心。她心里总是有股不祥的预感——她都已经罗列了这么多罪证，皇帝居然仍然对可莹心慈手软！

皇帝站起身，身形微微一晃，显得有些虚弱。他目光冷厉地扫过众人：“在事情没有查清楚之前，任何人不得将金城公主看成罪人！你们记住，朕只是让她禁足，并没有治她的罪！”

宫人们立即恭恭敬敬地回答：“是。”

嘱咐完这句，皇帝就往外走去，身影在天光的照耀下有些模糊。

二

可莹呆呆地瘫坐在地上，泪水模糊了视线。半晌，有人将她扶起来，并小心地为她擦去泪水。

只是此时，可莹心乱如麻，已经顾不得去看是谁还能在这个时候安慰她了。她也不知道怎么回来的，等回过神来后，宫室里只剩她一个人了。

是的，皇帝吩咐，任何人都不能来看她。

可莹坐在床上，望着外面一寸一寸暗淡下去的天光。她无法相信，白日里还是金枝玉叶的她，如今几乎沦为囚徒。

是她低估了这后宫的阴谋诡计，才被人打入了这困局。

有一名小宫女端着饭菜，匆匆走进来，将托盘放在桌上就要离开。可莹忙拦住她："青儿呢？你知道她的消息吗？"

"公主，公主饶了我吧，我什么也不知道！"那个小宫女像躲避瘟疫一般躲避着可莹。她挣脱了可莹的手，匆匆地逃出门。

可莹怔怔地站在宫室中央，尽管很饿，但她丝毫没有食欲。

就在这时，门外忽然响起了一阵脚步声，虽然那脚步声压得很低，但可莹还是听到了。

"谁？"可莹下意识地拔下头上的金簪，以作为防备。

那脚步并未停住，而是径直来到门口。可莹眯着眼睛望过去，发现门口那个人居然是皇后。皇后没有了白日里的咄咄逼人，但是那周身散发的凛然气势，还是锋芒毕露。

"我记得父皇说过，其他人非诏不得入内。皇后作为后宫之主，居然敢违抗皇命？"可莹皱了皱眉头，直觉皇后夜访，肯定目的不善。

"你如今这种处境，没有一个人帮你，怎么行？"皇后几步上前，居然摆出一张温和的笑脸。

可莹后退两步，冷冷地道："可就是皇后将我算计到这步田地的！你现在说这些又是什么意思？"

"本宫和你之间，其实并无深仇大恨。"皇后弯起嘴角，"其实陷害你毒害皇上，也是我迫不得已，谁让你太聪明，察觉到我给柔妃用过曼陀罗呢？”

可莹冷冷地看着皇后。

皇后走到窗前，用头上的金簪拨了拨烛火：“李可莹，你是个聪明人，应该知道本宫最大的敌人是谁，对吗？”

“淑妃娘娘？”可莹试探地问。

“对！”皇后猛然回头，眸光冷锐，“就是淑妃那个贱人！本宫和皇上原本伉俪情深，谁想到她横插一脚，夺去了皇上的宠爱！眼看她如日中天，说不定过几天就要掌管凤印，将本宫赶下皇后的宝座……”

“你想多了。”可莹打断了她的话。

“不管怎样，我现在就是要除掉淑妃。”皇后冷笑一声，“李可莹，如果你愿意说，曼陀罗香是淑妃给你的，本宫保证你没事。”

可莹张口结舌，难以相信眼前的皇后，居然没有半分母仪，陷害了她还不够，还要利用她陷害淑妃！

“如果我不答应呢？”

“那你就等死吧！”皇后加重了语气，“你要记住，你并非皇上的亲生女儿，皇上对你能有多大耐心？之后本宫再吹吹风，他一个龙颜大怒，还有你的活路吗？”

可莹闻言，反而定下心神。她微微一笑：“皇后娘娘请回吧，可莹不会按照你说的做。”

“你不会相信淑妃是个好人吧？这宫里的女子，谁心里没有三分狡诈。淑妃向来聪慧，她不会救你的！”皇后还在威胁可莹。

可莹悠闲淡定地回答：“我不是相信淑妃，我是相信明月不会永远被乌云所遮蔽，相信冰雪总会在太阳下融化！相信这世间的道理是邪不压正，相信所有冤屈终能得到昭雪，相信除去了恶人，这天下就会海清河晏！”

说话时，她的眼睛犹如两颗黑曜石，散发着灼灼的眸光，让皇后忽然有那么一瞬间，不敢直视可莹。

皇后气得喘着粗气：“好，好！既然你不识相，本宫也不会救你！你就等着被挫骨扬灰吧！”

她愤愤地转身离去，身影很快消失在夜色中。

可莹对着皇后离去的方向哼了一声，将宫室门紧紧关上。她转身看到托盘里的饭菜还散着微微的白气，调皮一笑，坐下来吃了起来。

总算和皇后有了一次正面交锋，爽！

可莹心中的郁闷一扫而空，风卷残云般将饭菜吃了个干干净净。用完晚膳，她就百无聊赖地躺在床上，开始思索该如何脱困。

可是想了半天，可莹的脑海中却只出现了一个人，李轻羽。

好不容易和母妃重聚，就很快失去了母妃，李轻羽应该是这场阴谋中最痛苦的一个人。

他会不会受不了这种刺激，铤而走险？

思及此，可莹猛然从床上坐起来，嘴唇不安地翕动着，自言自语地说：“李轻羽，你可别做傻事……”

三

夜色如墨。

皇后在宫道上匆匆地走着，不时警惕地张望四周。她为了和可莹密谈，连贴身宫女粉蝶都没带，就是怕引起其他人怀疑。为了避嫌，她还刻意走了一条偏僻的宫道。

但是她很快就后悔了。

这条宫道旁因为有很多废弃的宫室，所以到处都是一片破败的景象。夜风吹来，卷起地上干枯的落叶。叶子擦在地面上簌簌作响，像是谁的脚步声。

皇后心里一阵发怵，忙加快了脚步。她不知道的是，树冠里，一支箭闪着森寒的光，正随着她的走动慢慢移动！

李轻羽坐在树枝上，将手中弓箭拉到最满，眼眸中燃烧着愤怒的火焰。他瞄准皇后的后心，正要放箭，忽然耳边擦过一阵风声，接着有人将他的手拨开！

手松箭射，只听铮的一声，利箭穿过了皇后的衣裙后摆，深深地插进地里！皇后尖叫一声，回头看到一根利箭差点儿刺中自己，吓得扯破衣裙后摆，扭头就往宫道深处逃去。

李轻羽扭头看那个害他失了准头的不速之客，发现竟是吐蕃王子。吐蕃王子穿着一身黑衣，一看就是有备而来。

“我差一点儿就能杀了皇后，你为什么要阻止我？”李轻羽紧盯着吐蕃王子，黑眸里的阴鸷气质一览无余。

吐蕃王子皱了皱眉头：“你杀了皇后就能报仇？就能把金城公主救出来？”

“她是罪魁祸首，我这是替天行道！”李轻羽墨发飞扬，戾气浓重，“我想通了，在这深宫里，善良懦弱只能被人欺辱！若有人欺我，辱我，我只能以牙还牙！”

时光瞬间流转回多年前，那时他还是个争强好胜的小武童，打遍镖局上下。养父曾经问他：“如果有人欺你、辱你，你当如何？”

他的回答从来就只有一个，那就是“以牙还牙”。可是养父总是不满意他这个答案。后来李轻羽虽然嘴上改了答案，但从内心深处，他认为正确的答案只有这一个。

曾几何时，他也被可莹感化过，认为只要以善待人，就必定有好结果。可是现实狠狠地给了他一个教训。如今，要他如何忍得下养父被杀，生母暴毙，妹妹被冤枉的仇恨？

李轻羽慢慢收起弓箭，从树上落回地面。吐蕃王子赶紧跟上："你干什么去？"

"放心，我不会追杀皇后的。"李轻羽睨了他一眼，"已经打草惊蛇，我没有必要暴露自己。"

"不杀皇后，那你是想要救人了？"吐蕃王子一笑。

李轻羽脚步一顿："你也是？"

"那当然！李可莹是我见过的最出色的大唐女子，我怎么能容忍她被人这样欺负？"吐蕃王子笑得桀骜不驯。

李轻羽这才放下敌意，伸手和吐蕃王子击掌："结盟！"

面对这个吃人不吐骨头的皇宫，唯一的办法就是远走高飞。

夜色中，忽然响起了一个清冷的声音："还有我。"

李轻羽目光一紧，往夜色中望去。只见淑妃穿着一身深色宫装，从昏暗处走出。她目光凄然，说："这种关头，本宫也来助一臂之力。"

吐蕃王子忙上前一步，说："淑妃娘娘，我是吐蕃人，就算事情败露皇上也不会拿我怎么样。可是你就不同了……"

淑妃摇了摇头："在本宫心里，可莹就如同己出，我怎么能袖手旁观？"她望向浓得如化不开的墨的夜色，"逃出皇宫，谈何容易？有本宫在旁边助力，可莹才逃得出去。"

吐蕃王子和李轻羽对视一眼，目光里都透着无奈。两个人不得不承认，淑妃说得对。

可是他们没料到的是，可莹拒绝离开。

“为什么？”吐蕃王子急得直跳脚，“你知不知道伴君如伴虎？皇帝现在还对你有一丝恻隐之心，万一皇后使劲吹耳旁风，你小命不保怎么办？”

李轻羽也紧蹙眉心：“是啊，宫里太危险了，你斗不过她们的。”

淑妃也急了，劝说可莹：“你是不是怕连累我们？可莹，你尽管放心，安乐公主之前为了你和皇后娘娘闹翻了！如今她站在我们这边，如果我真的被皇帝罚了，她也会为我求情的。”

“安乐公主？”可莹心头涌起一股暖流，“可是皇后娘娘是安乐公主的生母啊。”

“安乐公主明辨是非，正是这样才难能可贵。可莹，你不能浪费这么多人的心意。”淑妃眼中泪光闪闪。

“可是你们知不知道，如果我逃了，那就等于承认了我是犯人！”可莹激动起来，“普天之下莫非王土，天下都是皇帝的，我能逃到哪里去？”她一指吐蕃王子，“难不成还要逃到你们吐蕃去？”

“可以。”吐蕃王子惊喜连连，“我的家乡有世界上最湛蓝的天空，最高最远的山峰，最艳丽的花朵……”

“所以你是答应逃走了？”李轻羽一把抓住可莹的手，“要走就赶快！不然被人发现了，我和吐蕃王子都算是违抗皇命了。”

可莹将他的手挣脱，后退了几步，轻轻摇头：“我不走。”

“可莹！”

“公主！”

可莹眼角闪着点点泪光：“我不怕死，我怕的是活得冤屈！如果我逃走了，是可以获得自由，但是真相将会永远被掩埋。这样活着，比死了更难受。你们明不明白？”

吐蕃王子无奈地看向李轻羽，李轻羽沉思良久，终于说：“好，你不愿意离开就别走了。”

“什么！当真不是亲哥，这样坑妹子？李轻羽，这个时候你不应该帮着劝公主吗？”吐蕃王子顿时火冒三丈。

李轻羽淡淡地看他一眼："我已经有办法了。"

"啊？什么办法？"吐蕃王子和可莹齐齐吃惊。

李轻羽并未透露太多："明天你们就知道了。总之，我一定会救出可莹。"

可莹怔住。

她又在李轻羽面容上看到昔日的影子，那个清冷的少年杀手，眼眸深处藏着一丝柔软。

他会用什么办法救她呢？

可莹想象不出来，在她看来，皇后布下的这个陷阱，就是一个死局。怀着这样的心情，她送走两个人，才洗漱一番上床歇息。

她在床上辗转反侧，睡得极不安稳。

第二天，天刚蒙蒙亮，可莹就起了个大早，独自梳洗。

"公主，公主！"门外突然传来了青儿的喊声。可莹精神为之一振，快步走出宫室，发现往这边冲来的人果然是青儿。她难以置信地问："青儿，你怎么会在这里？"

"公主，我得到皇上特许，赶来这里照顾你。"青儿喘着粗气回答，"可是，可是……"

"可是为什么？父皇明明下旨让我禁足，怎么会让你回来照顾我？"可莹直觉事情不简单。

青儿嘴唇翕动了几下，才说："是八皇子……他面圣说，已经查到了凶手的线索，皇上给了他三天时间去办。这不，龙颜大悦，皇上就将我从大理寺里放了出来。"

可莹呆在原地："那个傻瓜，还是走出这一步了。"

"公主，你说八皇子这样做，是对还是不对啊？"

可莹颓丧地凭栏而坐："当然不对了，李轻羽这样做，其实是缓兵之计！以我对他的了解，他根本就没有线索，这样说不过是为了让我好过一点儿罢了。"

青儿心存侥幸："公主别悲观，说不定八皇子三日后就能找出真凶呢！"

“你错了。”

“啊？”

可莹眯了眯眼睛，望向广阔长天：“所有人都知道真凶是谁，缺的只是证据。要扳倒一国之后，可不是一件容易事。”

青儿哑口无言，低头不语。

谁都明白真凶是皇后，可是证据呢？如果没有证据，便指责皇后是下毒之人，可是要杀头的！

与此同时，皇后也接到了这个消息。她正在逗弄廊檐下的一只鹦鹉，闻言轻蔑一笑，对旁边的粉蝶说：“八皇子这是急过头了，居然犯起蠢来了。”

“娘娘，八皇子得了令牌，这几天在皇宫里四处巡查，不会真的被他找到这里吧？”

皇后冷笑：“他要是真有什么线索，早就找到本宫这里来了，现在不过是虚张声势罢了。”

粉蝶仍旧一脸紧张：“可八皇子万一找到成武，该怎么办？”

皇后面色一凛：“他？不是打发他去狩猎场当饲兽人了吗？”

“可是，也是能找出来的，万一他漏了口风，说自己是娘娘的人……”粉蝶眼眸中充满了担忧。

皇后怔了怔，眸光顿时变得阴狠：“是了，成武不是当了饲兽人吗？万一兽类发狂，可是很危险的事情呢……”

粉蝶心领神会，诡秘一笑：“奴婢明白，这就去办。”

“记住，务必要做得漂亮点儿，不让任何人有可乘之机。”皇后扫了粉蝶一眼，眼风冷厉。

“是。”

四

“阿嚏——”

吐蕃王子重重地打了个喷嚏，他吸了吸鼻子，看向端坐在眼前的李轻羽。这个人即便是当了皇子，依旧没有学会虚与委蛇，整天以一张冷面孔示人。

“我没想到你这么蠢，居然拖延了三天时间。我问你，三天后你不能证明皇后有罪，该怎么收场？”吐蕃王子乜了他一眼，将脚翘到桌子上来回摇晃。

李轻羽沉声道：“成武就是证据。”

吐蕃王子像是听到了天下最好笑的笑话：“成武？那是皇后的人，你又不能严刑拷打，怎么让他说实话？”

“山人自有妙计。”李轻羽紧紧盯着吐蕃王子。

吐蕃王子直起身子：“你不会是要我和你一同去吧？”

“我没说让你去，只是来借你的猎狗。”李轻羽说完，就站起身往外走去。吐蕃王子目瞪口呆，忙跟上去：“喂，等等我！我跟你去！”

狩猎场是皇家猎场，每逢秋季，皇帝都会带领大臣、妃嫔们一同来这里狩猎。因为要保证参与狩猎的人不至于空手而归，所以狩猎场里也会饲养一些兔子、羊、鹿、狐狸、野狗、鹰之类的动物。在狩猎正式开始之前，饲兽人会将这些野兽放到山林里。

成武被皇后调任到这个地方。虽然接触不到达官贵人，但是工作清闲，报酬颇丰，成武领命也十分痛快。

李轻羽和吐蕃王子刚刚踏上狩猎场，就听到兽园那边传来阵阵兽啸声。吐蕃王子皱了皱眉头：“这些动物平时都这样暴躁吗？”

“并不是。”李轻羽加快了脚步，“今天有些奇怪。”

他们刚走到兽园门口，就听到里面传来阵阵惨叫：“救命啊！野狗咬人啦！救命啊！”

李轻羽浑身紧绷，几个箭步奔了进去，正看到一只黑色野狗扑在成武身上啃咬，而旁边几个饲兽人不敢上前，只敢拿刀子不痛不痒地戳那只黑狗。李轻羽眼睛一眯，从肩头卸下弓箭，上箭挽弓，向黑狗射了一箭！

那箭顿时刺穿了黑狗的脖子，黑狗挣扎几下，无力地倒在地上。成武捂住受伤的肩膀，龇牙咧嘴地在地上打滚。

吐蕃王子上前一步，将成武拎起来，手脚利索地为他包扎好伤口。李轻羽走上前，居高临下地看着成武。

成武刚想说一个谢字，看清李轻羽的脸，顿时将话咽了回去。他心虚地将目光投向一旁，草草地磕了个头就想要离开。

“成武，站住。”李轻羽的声音掷地有声。

成武捂着受伤的胳膊，无奈地停住脚步。李轻羽向旁边的饲兽人递了个眼神，饲兽人赶紧作鸟兽散。

吐蕃王子看了看跟在身后的藏獒，冷笑着说：“你诬陷金城公主的事迟早要败露，还是快点儿供出你背后的主子，要不然我真的会让你葬身狗腹！”

成武眼神闪烁：“王子这话就让人听不明白了，小的只是实话实说，没有诬陷金城公主。你要是放狗咬死我，也只能落得一个刑讯逼供的名声，能救公主吗？”

吐蕃王子翻了个白眼。

李轻羽不慌不忙地道：“成武，难道你就不奇怪，为什么这只野狗会攻击你吗？你掌握着皇后的软肋，她是不会放过你的。眼下你唯一的出路，就是帮我指认皇后！”

成武犹豫了，但他很快反唇相讥：“八皇子的话我更不明白了，我没有皇后的软肋，也问心无愧。八皇子要是没什么事，我就去做事了。”

说完，成武就大踏步地往相反的方向走去。李轻羽跟上几步，大声道：“成武，你回答我一个问题，回答完了，我绝对不纠缠。”

成武回过头，似笑非笑地说：“好，一言为定。”

吐蕃王子睁大眼睛，感到十分不可思议：“李轻羽，你脑子没坏吧？就这样放过他？”

“当然，我确定成武会认真回答我的问题。”李轻羽不但不怒，反而镇定自若。

成武快速地在心里合计了一下，觉得回答一个问题就能脱身，这买卖其实很划算。当下他便走到李轻羽面前："你要问什么，尽管问吧！"

"可以！我要问的是……"李轻羽微微一笑，攥住了成武的手。就在这一霎那，成武忽然嗅到李轻羽身上散发出一股熟悉的香味。他下意识地甩开李轻羽的手，却看到李轻羽脸色忽然变得铁青，向后仰去。

"八皇子！"吐蕃王子吃惊，上前一把将李轻羽抱住。李轻羽双眸紧闭，无力地倒在吐蕃王子的怀里，动也不动。

成武吓得怔在原地。

这一切发生得太突然，成武根本就没想明白到底是怎么回事。他茫然四顾，发现兽园的饲兽人都涌了上来，还有几个跑去喊太医了。

那只黑色藏獒向成武狂躁地吼了起来。吐蕃王子想起了什么，怒道："是成武！是他害了八皇子！"

成武吓得连连后退："不，不是我！"

"不是你是谁？刚刚接触八皇子的人，就只有你！"

成武百口莫辩，干脆转身向兽园外逃去。藏獒嗷呜一声扑上去，将成武扑倒在地。其他饲兽人立即冲上去，七手八脚地将成武五花大绑起来。

一片喧闹中，太医匆匆赶到，迅速为李轻羽诊脉，然后为他服下解药。吐蕃王子急声问："太医，怎么样？"

"王子放心，八皇子已经没有危险了。"太医叹息道，"真是奇怪，八皇子中的毒，和柔妃娘娘一样。"

"中毒，你说八皇子是中毒？"吐蕃王子大吃一惊。

就在说话的当口，李轻羽悠悠转醒。他艰难地抬起一根手指，遥遥地指向成武。吐蕃王子心领神会："八皇子，你就放心吧！成武是下毒的凶手，我一定会向皇帝禀明一切！"

李轻羽这才闭上眼睛。

吐蕃王子指挥宫人将李轻羽抬上马车，火急火燎地驱车冲回皇宫。直到李轻羽被安顿好，他才松了一口气。

宫室里的金鸭香炉里，燃着解毒的香料。轻纱床帘后面，李轻羽静静地躺着，似乎已经睡着。

这短短的时间，发生的事情却不少。吐蕃王子回过神后，才命令身边的随从："你去和金城公主说一声，就说八皇子遇刺。"

就在这时，床帘后忽然传来李轻羽的声音："别去……"

吐蕃王子一步上前，掀开床帘，果然看到李轻羽强撑着身体坐了起来。他脸色苍白，没有半分血色。

"为什么？"吐蕃王子问。

"因为金城公主很快就会没事了。"说到这里，李轻羽的嘴角浮起一抹笑容。吐蕃王子正想问个明白，忽然听到宫外有人高喊："皇上驾到——"

他周身一凛，忙转过身，正看到皇帝匆匆往这边走来，忙向他行礼。皇帝顾不上寒暄："吐蕃王子，到底是怎么回事？"

吐蕃王子忙将事情的经过说给皇帝听。皇帝听完，勃然大怒："荒唐！一个饲兽人居然敢毒害朕的皇子！简直是反了天！"

"父皇！儿臣不过是去查中毒案，成武就想要杀人灭口，这背后必然掩藏着什么，求父皇查个明白！"李轻羽咬字极重，一字一句地说，似乎这句话已经用了他全身的力气。

皇帝忙扶他躺下："你安心养病，不要再管这件事了。朕已经将成武控制起来了，他背后有谁指使，一审便知！"

"那，这样也可以证明金城公主是被冤枉的？"李轻羽追问。

皇帝点头，对旁边的宫人道："传朕口谕，下毒真凶已经被捕，金城公主蒙受冤屈，不用再受禁足之苦，并赏赐百金。"

"是。"宫人领旨后匆匆离开。

皇帝温然道："这样，你可放心了？"

李轻羽笑了笑："该放心的是父皇，这一日不到，真凶就已经抓到，揪出幕后黑手也快了。"

"说的是！朕应该相信可莹，相信你才对。可惜……"皇帝絮絮地说着，想起暴毙的柔妃，面色黯然。他又安排了一番，才离开了。

吐蕃王子想起李轻羽刚才所说，震惊万分。他沉默良久，等到皇帝离开后，才轻笑："李轻羽，我真是低估了你。"

"你为了救可莹，连命都不要了。"吐蕃王子紧紧盯着李轻羽，"如果我没有猜错，下毒的人应该是你自己吧？你知道皇后和成武不会再露出马脚了，为了制造破绽，你不惜给自己下毒。这样做，你就可以达到一石二鸟的目的——让成武背上一个谋杀皇子的罪名，你既可以光明正大地审问成武，还能让金城公主摆脱嫌疑！"

李轻羽微微一笑。

"我不懂，曼陀罗的毒是慢性的，你怎么这么快就发作了？莫非你加大剂量了？"

李轻羽淡淡地说："你很聪明。"

"不，我不聪明！聪明的话，怎么能到现在才看出你的计谋？"吐蕃王子十分不满。

"你没有看出破绽，是因为你感染了风寒。"李轻羽道，"感染风寒的人，嗅不到任何气味。"

吐蕃王子一怔："可我跟你一起，也应该中毒啊。"

"我提前把解药下到了你的茶水里。"李轻羽说，"因为你嗅不到香味，做戏才会做足。"

吐蕃王子摇头："为什么一定要我作证？"

李轻羽收了笑，正色道："因为你是吐蕃人，和大唐没有太多的利益牵扯，你的佐证更加有力！"

吐蕃王子嘿嘿笑了起来："高，高！大唐的八皇子，果然心思缜密。"

"缜密不敢当，我只是想救可莹罢了。"李轻羽并未轻松下来，而是望向窗边的一轮明月。

大唐流传着一个童谣，每逢月下弦，便会百鬼夜行。

可有时候，人心比鬼怪更可怕。

第十章 登高望远话风云

一

可莹很快就接到了圣旨，得知禁足令被解除，之前被押到大理寺的宫人也都陆陆续续地放回来了。

她有些发怔，短短一两日，她已经尝遍了从云端掉落泥沼，再从泥沼飞升天上的滋味。

“公主，皇上圣明，终于还你清白了！”青儿喜极而泣，抓着她的手摇来摇去。可莹勉强一笑，心头还是觉得沉甸甸的。

正说着，淑妃从外面进来，后面跟着几名捧着托盘的宫女。一见可莹，淑妃泫然落泪：“可莹，你受苦了。”

“淑妃娘娘，可莹又闯祸了，让您担忧了。”可莹有些不好意思。

淑妃摇头道：“无妨，本宫一听说你被禁足，急得不行。你可知道，弑君是多严重的罪名？”

“我对父皇问心无愧，”可莹看了看左右宫女，确定她们离得比较远，才压低声音说，“皇后之所以布下此局，其实是为了对付你。淑妃娘娘，你知道吗？”

淑妃面带寒霜：“皇后向来视我为眼中钉，只是我没想到，她这次竟然将皇上也算计进去了！”

可莹太阳穴突突地跳：“皇后娘娘确实做得太过分了，为了争风吃醋，居然闹成这样。”

淑妃伸出一根手指头，示意可莹噤声：“这话别再多说了，对你没好处。你还是先去看看八皇子吧，他为了你受大罪了。”

“他怎么了？”可莹吓了一跳。

淑妃摇头叹息道：“都说成武给八皇子下了曼陀罗毒……唉，可莹，你去哪里？”

可莹没等淑妃说完，就往宫外跑。沉静的李轻羽，冷酷的李轻羽，温柔的李轻羽，在此时都汇聚成一张面孔，就是他饱受痛楚的脸。

他居然为了她，出此下策，拿自己的性命冒险！

可莹心中涌起一股愤怒，直直地闯入李轻羽所居的宫院。李轻羽正在喝药，听见脚步声抬起头来，发现可莹站在几步开外，满脸泪水。

“你来了？这是怎么了？”李轻羽忙将喝空的药碗放下，屏退左右宫人。可莹深呼吸一口气，上前几步，一把将李轻羽的手抓了起来。

她盯着他，泪水一滴滴地打湿了衣襟：“这只手，只要偏差一点点，你这条命就被曼陀罗的毒害死了，你知不知道！”

李轻羽笑了一声：“可莹，你还是看出来了。希望你是最后一个看出我计策的人。”

“你为什么要拿自己的性命去赌？”可莹恨得咬牙切齿。

“因为我想报仇。”李轻羽目光幽远，“我还记得养父问我的那个问题——如果有一天，有人欺我、辱我，我当如何？我的回答是‘以牙还牙’，后来我认为是以善待人，可是我发现我错了。”

“那现在你怎么想？”

“如果有人欺我、辱我，那必定是因为我有可欺可辱之处。一个弱者，在这世间必定会被人欺辱！与其不顾一切地报复，或者妄想感化别人，不如让自己变得强大起来。当有一天我无坚不摧，我就能保护我的亲人。”

可莹怔住。

李轻羽俊逸的脸上充满坚毅：“所以，皇后既然设下了一个死局，我就要以更厉害的局来应对！度过眼前这些风波之后，我会担起一个做皇子的责任，为大唐江山贡献心力。只有立下不朽功勋，才能抵挡住明枪暗箭。”

可莹忽然觉得眼前的李轻羽有些陌生，又似曾相识。

想了一想，他应该是长大成熟了。那个为了私欲提剑伤人的顾轻羽，已经不见了，取而代之的，是大唐的八皇子！

“我明白了。”可莹语气坚定，“唯有强大，才是最好的应对之策。”

李轻羽伸手，将她的眼泪擦去：“在外面等我，我收拾妥当就去天牢。成武应该招了。”

可莹重重地点了点头。

事实上，李轻羽确实没有猜错。成武没经过多少审讯，就吓得瑟瑟发抖，将皇后的计策一股脑儿地和盘托出。

阴暗潮湿的天牢里，成武正跪在皇帝面前大声哀求着。

“我只是一个眼线，皇后派我盯着金城公主！设计毒杀柔妃、意图弑君的都是皇后娘娘，其他的我什么都没干！”成武脸上充满了恐惧，“包括作伪证陷害金城公主，也都是皇后娘娘指使的！求皇上饶命啊！”

可莹看了皇帝一眼，他脸色铁青，明显怒火中烧。

“你其他的什么都没干？你差点儿害死金城公主，你知不知道？”皇帝冷笑着，斩钉截铁地说，“传朕口谕，杖毙。”

成武顿时目瞪口呆，吓得一句话也说不出来。皇帝从天牢里出来，看到可莹和李轻羽站在外面，面露愧色：“可莹，你受苦了。”

可莹屈膝一礼：“父皇，能让大唐除去一个恶人，儿臣的苦受得值。”

“你能这样想就再好不过了。”皇帝往天牢外面走，“我倒是要问问皇后，到底为什么要这样。”

皇帝继续向外走去。出了天牢，日光陡然倾泻，天穹碧蓝澄澈，可莹仰头看着，微微笑了起来。

她记起了曾经对皇后说过的话，她相信这世间邪不压正，相信所有冤屈终能得到昭雪。现在看这苍穹长天，风清气朗，邪气无存！

果然，回到御书房后，皇帝就命人传召皇后。

不多时，门外传来了宫人的声音：“皇后到，安乐公主到——”

皇帝原本负着手站在书架前，听到声音也没有转过身来。皇后和安乐公主匆匆进来，往地上一跪，抬头看到的却是一个冷漠的背影。

“皇上……”皇后嗫嚅。

皇帝故意不作声，肩膀微微颤抖，似乎在压抑着怒气。片刻之后，他才慢慢转过身，目光沉沉。

“皇后，是朕太过纵容你，才让你犯下如此大错。”皇帝冷冷地说，“金城公主屡遭你陷害，究竟是为什么，你要如此针对她？”

皇后脸色发白，哭喊道：“皇上，臣妾冤枉啊！”

“你要是来认罪的，朕倒有可能会饶你。可你张口就说冤枉，我问你，你冤在何处？”皇帝气不打一处来，说完后就扭过身子，不肯再看皇后一眼。

“自从金城公主入宫，宫里就风波不断，臣妾信不过金城公主！臣妾让成武盯着金城公主，也只是盯着而已，从没想过要诬陷她。”

皇帝面色阴沉：“那柔妃的事，你该如何解释？”

“这……”皇后犹豫了一下，“臣妾就算说实话，皇上你也不会信的。”

跪在一旁的安乐公主膝行到皇帝脚边：“父皇，母后不是刻意杀人的！你这样责备母后，让裹儿该如何自居？说起来，裹儿这个名字，还和父皇、母后早年的经历有关呢！父皇，母后当年是如何陪伴你的，你都忘了吗？”

安乐公主哭得梨花带雨，楚楚可怜。她提及的往事，其实就是皇帝曾经被武帝贬为庐陵王，和皇后一起被囚禁。当时的皇帝过着朝不保夕的日子，是皇后在他身边一直安慰、鼓励着他。

皇帝也想起了那段岁月，不由得一怔。

“皇上，您忘记裹儿这个名字了吗？”皇后悲悲戚戚地道，“当年臣妾陪你去均州的时候，在马车上生下了安乐公主。出生之后，您用衣服包裹住她，所以取名为‘裹儿’，其他的公主哪个生下来不是金枝玉叶，唯独裹儿要受这样的苦……”皇后擦起了眼泪。

皇帝似乎也沉浸在回忆中，抿唇不语。

李轻羽终于听不下去了：“你们可怜，那我娘亲就该死吗？她身为大唐妃嫔，居然被毒死在后宫，她的冤屈由谁来申？”

皇后脸色煞白，嘴唇翕动几下：“本宫不知道曼陀罗可以夺人性命，当初调香师告诉本宫，这毒药只能让人患上失心疯。”

李轻羽冷笑。

皇后弯了弯唇角：“罢了，本宫知道现在说什么都晚了，怪只怪，本宫太在意皇上，为了固宠做下错事。”说完，她忽然扬袖一洒，然后软软地倒在地上。

“皇后！”可莹立即冲上去，用袖子捂住皇后的鼻子，总算是挡住了药粉。可是她自己却吸入了不少。

“小心！”李轻羽将可莹推到一旁，但是已经晚了，可莹顿时感到胸口像被大石头压住，痛苦地倒在地上。

她挣扎了几下，眼前景物顿时模糊起来，只能隐隐约约地听到李轻羽和皇帝在她头顶上方呼唤着她。她想挤出一个笑容，但是肌肉却僵硬痛楚。

声音，渐渐远去……

可莹陷入了昏迷。

皇帝大惊：“曼陀罗毒？皇后，解药呢？”

皇后泪水涟涟：“不，不，我只是想自尽而已……”她颤抖着手从怀里掏出了一个纸包，递给了安乐公主。

安乐公主忙跑到可莹身前，打开纸包，将里面的粉末倒进可莹的嘴里。

许是解药起了作用，可莹微微颤动，终于睁开了眼睛。皇帝一喜，上前问道：“可莹，你觉得怎么样？太医马上就来！”

可莹强撑着身体坐起来，看到安乐公主，愕然道：“安乐……”

“可莹，是我母后对不起你，你能原谅她吗？”安乐公主哀声道，“千错万错，她毕竟是我的母后……”

可莹不知道该如何回答，下意识地去看皇帝。

皇后跪坐在地上，凄凉地道：“皇上，如果您要废后，那臣妾无话可说。臣妾甘愿领罚！”

皇帝睨着坐在地上的皇后，有些犹豫。李轻羽铿然拔剑，对准皇后：“皇后娘娘，你别再用这招苦肉计了！”

“我知道母后的错无法弥补，但是父皇，您记得您说过什么吗？当年您被囚禁在均州，曾经允诺母后，您若日后重见天日，一定让母后随心所欲，不加任何限制！事实证明，父皇您也是如此做的，您给了母后最尊荣的地位，从来都没有限制她做任何事情。可是父皇，也正因为如此，母后一步步地犯下了这样无可弥补的错误！这其中也应该有您的责任啊！如果母后在犯下第一个微小错误的时候，您就加以责备，母后怎么会走到今日呢？”安乐公主跪在地上，坦然地道。

皇帝被这一席话惊得目瞪口呆。他许久才长叹道：“是，我是允诺给皇后……是朕错了，错了！”

可莹心念一动，对皇帝道：“父皇，您还是宽恕了皇后吧。”

“可莹？”皇帝和李轻羽同时反问，几乎以为自己听错了。

可莹定了定神，感觉胸口虽然还有些痛楚，但已经好了许多。她笑道：“父皇，您以仁义治天下，也应当对皇后仁慈。父皇金口玉言，当年给皇后的承诺也要做到。儿臣真心希望你能宽恕皇后。”

“那可莹你……”皇帝有些不忍。

可莹摇了摇头：“父皇，儿臣已经没事了。”

“再没事，也要让太医开几服药来调理。”

可莹笑着点头。她听出皇帝的声音和缓了许多，应该是被自己的说辞打动了。只见皇帝走到桌案前，声音里不起一丝波澜：“皇后韦氏，面壁思过一个月。下次若再犯错，朕就要废后了！听明白了吗？”

皇后面如死灰，颓然瘫在地上：“谢皇上。”安乐公主含泪，向皇帝磕了一个头，扶着皇后走了出去。

就在这时，几名太医匆忙走进来，掀开帘子的瞬间，清亮天光泄入，一扫原本阴霾了几日的潮湿空气。

皇帝将可莹扶起，惭愧道：“可莹，你受苦了。从此以后，朕会保护你，再也没人能动你分毫。”

“我也会！”李轻羽铿然道，坚定的目光直直地看着可莹，“从此以后，再也没有人敢欺负你。可莹，以前的那些事情，都过去了。”

可莹点了点头，终于落泪。

她想起自己八岁那年，娘亲在王府里即将咽气，她跪在娘亲的床前不敢放声大哭。娘亲到死的时候，眼睛也没能闭上。娘亲最后一句话是：“可莹，娘走了，你在这世上该如何立足……”

当时的可莹笑着回答："娘，你放心，可莹能保护自己。"

八岁那年，她虽然还是个孩童，但心智在一夕之间就长大了。在王府里，她凭借自己的智慧躲过阴谋诡计，躲过明刀暗箭，一度以为，她可以用自己的力量保护自己了。

可是在这一刻，她终于发现，原来被保护的感觉是这样好，原来有亲人在身边的感觉是这样幸福。

可莹点头，想说什么，却如鲠在喉，什么都没有说出来。多年的夙愿终于成真，她只想痛痛快快地哭一场。

最终，皇帝将她轻搂入怀，安慰地拍了拍她的头。接着，太医为她请脉、开药。

可莹安安心心地沉睡了过去。

这几年在王府里，她一直吊着一颗心，不知道会有什么样的迫害等着她，所以她很少睡过安稳觉。后来入了宫，她也是步步小心，躲避暗地里的刀光剑影，以防自己落入陷阱。

她真的太累了。

二

可莹醒来的时候，阳光正好。

她吃力地睁开眼睛，青儿的声音从旁边传来："公主，公主你可醒了！"

"我……我只是睡了一觉。"可莹吃力地说。她发现自己的声音像是锯木头，特别沙哑，说话也特别艰涩。

难道，她被毒药毒哑了？

青儿看可莹的脸色不好，忙解释道："公主，不碍事的，是毒药侵蚀了喉咙，过不了多久就能好过来。"

可莹拍了拍胸口，松了一口气："这就好。"

"来，公主，快把这解毒汤喝了吧。就算服下解药，身体也会残留一些毒药的。"床旁边放着一只小火炉，炉子上温着一碗汤。青儿走过去，将汤端过来，凑到可莹的唇边。

可莹端过汤一饮而尽。青儿这么一提，她才发现骨头缝里都泛着酸痛。喝完汤，可莹就要下床，青儿忙拦着："公主莫急，您还需要多休息几日。"

"我都睡了几天了，想下来走走。"可莹掀开锦被。青儿点点头，准备扶可莹下床。

突然，可莹怔住不动了。

"公主，你怎么了？"青儿疑惑道。

可莹浑身发抖，声音里已经带了哭腔："我……我的腿一点儿知觉也没有，动……动不了。"

青儿有些慌乱，喘着气道："公主，你别害怕，我这就去喊太医！"

可莹怔怔地点了点头。

不到一刻钟，太医就赶了过来。青儿在可莹的手腕上铺上一块丝帕，太医按住她的脉搏，细细地诊脉。

皇帝也闻讯赶来，就连李轻羽和吐蕃王子也得到了消息。李轻羽在宫室里来回踱步，焦虑万分。吐蕃王子则唉声叹气，眉头皱成了一个"川"字。

青儿低声道："皇上，八皇子，吐蕃王子，你们别急，公主福大命大，肯定没事的。”

“话虽如此，但……”皇帝欲言又止。

李轻羽俊逸的脸上也尽是焦灼的神情。他往闺床那边望了一眼。闺床上挂着一层水粉色的绣帘，看不到可莹的面容。即便如此，他也能猜到，可莹此刻的表情必定是充满着忧伤和悲痛。

吐蕃王子气得攥紧了拳头，道：“皇上，恕我直言，您那恶毒的皇后做下如此坏事，就应该废后！”

听闻“废后”二字，李轻羽顿时面上一片畅快。吐蕃王子是局外人，是大唐的贵客，所以可以肆无忌惮地说出他想说的话。

皇帝不置可否，只叹了一口气。

宫室里安静下来，几乎可以听到针落地的声音，像是在等待着一个审判。终于，太医站了起来，向皇帝禀道：“皇上，公主的身体已无大碍，就是毒素一时半刻无法彻底清除，很可能损害了下肢，所以才会双腿没有知觉。”

“那何时能恢复正常？”

“这……老臣可以给公主开几服强身健体的汤药。”太医为难地摇了摇头，“但是能不能站起来，这就要看公主今生的福祉了。运气好，三五日就可以行走。运气不好，恐怕一辈子都……”

皇帝倒抽了一口冷气：“不用说了。”

“是。”

可莹在绣帘之后听到这些话，心头顿凉。刚刚经历了那么多的风波，她就要面临这个天大的磨难。难道上苍，真的不愿意放过她了吗？

“可莹，你不用担心，不管你成了什么样子，朕永远都是你的父皇。”绣帘外响起了皇帝沉痛的声音。

吐蕃王子也黯然道：“可莹，我今天就把话撂在这里，我护你护定了，谁都不能欺负你！”

绣帘内，可莹恍若未闻。当绣帘微微一动，她才猛然回神，忙喊道：“父皇，王子，八哥，可莹求你们了。我现在只想……只想一个人待着。”

皇帝掀绣帘的手立即顿住。他苦笑了一声，道：“好。可莹，你好好休息吧。”语毕，皇帝便离开了。

吐蕃王子变了脸色：“可莹，我们都是你的朋友，你不见谁，也不能不见我们啊！”

“我真的只想一个人静一静。”可莹抱住自己的头，流下了两行眼泪。吐蕃王子只好无奈地低下头。

李轻羽站在宫室中央，目光灼灼地盯着那绣帘。他攥紧了拳头，手背上青筋凸起。半晌，他才开口道：“吐蕃王子，随我一起离开吧。”

“什么，难道不管金城公主了吗？”吐蕃王子不满。

李轻羽不由分说地将吐蕃王子拉到外面，咬字用力地道：“可莹自尊心很强，她不愿意让人看到她这副样子……你懂的！”

吐蕃王子怔了怔，最终没有挣脱李轻羽的手。他呆呆地望着万里长空，道：“八皇子，我喜欢大唐的地阔物博，但我不喜欢这皇宫。皇宫是牢笼，是斗场，是囹圄。”

李轻羽被说中心事，也只能点点头，搂住了吐蕃王子的肩膀。

两个人的身影慢慢走下台阶，在这样一片日光阑珊中，显得那样寥落。

宫室里，终于再次恢复了平静。

青儿掀开绣帘，望着可莹哭得通红的眼眶，哽咽着道：“公主，你为什么不让皇上他们看望你？你要保持皇上对你的疼爱，才能立足于这后宫之地啊。”

“对于一个残疾公主来说，讨好父皇是唯一的出路了，对吗？”

“不，我不是那个意思，公主你别误会。”青儿忙摆手。

可莹长长叹了一口气，她很清楚，一个残疾公主，注定下半生是悲惨的。

三

金城公主双腿残废的事情，一夜之间传遍了整个皇宫。

淑妃来看望过几次金城公主，百般宽慰她，可是可莹依然愁眉不展。除了淑妃，其他妃嫔不痛不痒的，甚至将可莹当成了茶余饭后的谈资。

毕竟，从王府里收养来的公主，在她们眼中，并不算真正的金枝玉叶。

起初，可莹情绪十分低落。后来，当她偶尔翻看到书中的一句话，才终于解开了心结。那句话是——君子不受虚誉，不祈妄福，不避死义。

作为君子，不应接受虚伪的荣誉，不祈求非分的幸福，也不回避以身殉义。

可莹渐渐恢复了以往的心情。同时，吐蕃王子和李轻羽也没闲着。两个人关在屋里捣鼓了好几天，将一辆战车改造成了轮车，送给了可莹。

“金城公主，从此以后，你就能用轮车看看花草树木，散散心了。”吐蕃王子开心地将一辆轮车推到可莹面前。

李轻羽走过去，将可莹抱起来，轻轻地放在轮车的座椅上。

可莹试着推了推轮车，轮车果然行动起来，往湖的方向前进了几步。

“公主，你要去湖边看风景吗？”青儿见可莹面上露出笑容，忙问道。

可莹想了想，歪着头道：“不，我要出宫苑，去看看父皇。”

“啊？”众人立即大惊。

可莹的要求并无不妥，不妥的地方是，如今阖宫上下都拿可莹当笑柄，如果可莹出现，必然会被嘲笑……

“你们的脸色怎么都那样难看？”可莹奇怪地问。

吐蕃王子忙摇头道：“没什么，我们陪你去。”

可莹笑了起来：“好，那我们这就动身吧，我也有些思念父皇了。”

她今日穿了一件绛紫色的宫装，乌发束成了简单的发髻。为免单调，发髻上除了簪了几朵珠花，还别了一朵犹带露水的白玉兰。虽说不是富贵逼人，却也是清秀动人。

青儿推着可莹走出宫苑，吐蕃王子和李轻羽在她身后，一左一右地跟着。不料，刚走了两步，一个骄横的声音就从身后传来：“娘娘，你看，那就是金城公主，她如今不良于行，坐着轮车呢。”

李轻羽太阳穴突突地跳，回头循声望去，果然看到德妃、丽妃、嘉妃摇着纨扇赏花，身边围着几名宫女。

德妃用眼神制止一名长脸宫女，温然道：“你这婢子也太大胆了，那是金城公主，岂容你议论？”

话虽如此，但是其他妃嫔们眼神中都若有若无地带着一些轻慢。

吐蕃王子下意识地看了一眼可莹，发现可莹已经面白如纸。他胸口燃起一股怒火，正要上前理论，李轻羽却伸手挡住了他。

“你毕竟是外族人，我是八皇子，有些话还是我来说比较好。”李轻羽低声道。

可莹坐在轮车上，双手紧紧揪住罗裙，眼中泪水直打转：“皇兄，不要……”

“可莹，这只是第一次。如果第一次就任由别人说闲话，那以后只会助长她们的气焰。”李轻羽说完，就阔步走到德妃面前。

他先逐一向妃嫔们行礼，然后才看向那名长脸宫女：“刚才议论金城公主的，就是你吗？”

长脸宫女面露怯意，往德妃身后躲了躲：“回八皇子，方才婢子一时忘形，冲撞了公主，还望八皇子、金城公主宽恕。”

“一时忘形？”李轻羽冷笑，“妄议皇族，冲撞公主，本是死罪！你寥寥数语就想被宽恕？”

长脸宫女吓得立即跪在地上，德妃脸色大变，忙道：“八皇子，这是本宫的婢子，是本宫疏于教导。要责罚也应该由本宫来罚。”

“不敢，德妃是庶母妃，我怎敢以下犯上？只是这婢子实在可恶，不罚不足以平我心头之怒！”

德妃眯了眯眼睛，眸光里闪过一丝冷锐：“罚，当然要罚！本宫回了宫，就教训这个婢子。”

吐蕃王子再也听不下去了，上前道：“本王没有来到中土大唐之前，就听闻大唐是礼仪之邦，没想到如今尊卑颠倒，一个小小宫女都能出言侮辱公主。等会儿我一定要见见皇上，问一问这到底是怎么回事。”

德妃闻言，有些惧怕，态度终于软了下来：“我这婢子言行无状，冲撞了金城公主，本宫代她请罪。”

说完，德妃走到可莹面前：“金城公主，对不住了。”

可莹忙摆手：“德妃娘娘，别这样，我怎么受得起？”

“金城公主，我自会给你一个公道。”德妃咬了咬牙，转身盯着瑟瑟发抖的长脸宫女，“你，给我在这里罚跪一天，自扇耳光五十个！以儆效尤！”

长脸宫女不敢反抗，磕头道：“是。”

德妃再看向李轻羽：“八皇子，三日后就是宫里一年一度的蹴鞠大赛。在这种关头，还是不要夺人性命为好，以免冲了喜气。”

李轻羽微微一笑：“德妃娘娘多虑了，这种责罚很公道。”

他本来就只是想吓唬那个胆大妄为的长脸宫女，目的是重新为可莹树立威信，不是想真的夺人性命。

“那就好，本宫就怕委屈了金城公主。”德妃点了点头，其他妃嫔也是面色肃然，大概都被李轻羽和吐蕃王子的强硬态度给吓到了。

可莹一言不发，只是低着头。

李轻羽看着可莹这副颓丧的样子，心里一抽一抽地疼了起来。

等离开了德妃她们，吐蕃王子劝说道：“金城公主，不要理睬那些庸脂俗粉，她们嚼舌，咱们不必在意。”

“我不在意。”可莹抬起一张清水般的脸，“你们也会参加蹴鞠大赛吧？我还要观战呢！”

“这……”吐蕃王子十分为难。让一个残疾人看一群人在马场上纵横畅意，这也太残酷了。

李轻羽也道：“可莹，你别去了，好好在宫里养伤。”

“不，我要去看蹴鞠大赛，等会儿就去向父皇请旨。对了，青儿，我还要到处走走。皇兄，吐蕃王子，你们都不用跟着我了！”可莹扭头对青儿道。青儿只得点头。

李轻羽和吐蕃王子并肩站着，望着可莹坐着轮车远去的身影，长长叹了一口气。

“你说，可莹是不是有些奇怪？明明知道众人都会嘲笑她，她还要迎上去。”吐蕃王子问道。

李轻羽蹙起眉心：“她好像……故意的。”

可莹，你究竟在想些什么？

那几日，可莹一反常态，坐着轮车，将后宫各宫都逛了个遍。

常言说得好，人情似纸张张薄，世事如棋局局新。

对可莹最热络的就是淑妃，她举止如常，不提可莹的伤腿，却在细节上处处关心着她，让可莹很是感动。可是其他妃嫔就很不讲究礼节了，有的对可莹冷言冷语，有的对她冷嘲热讽。

可莹也不在意，笑吟吟地和那些妃嫔们谈天，然后有礼地告退。

“公主，你为什么要巴结着她们？以后皇上、八皇子都会护着你，你不必将姿态放得这样低。”从丽妃的宫室里出来后，青儿红了眼眶，喃喃地道。

就在刚才，丽妃表面上对可莹客气，但再也不似往日的热情。要知道在以前，丽妃可是三天两头拜访可莹，给可莹送各种各样的奇珍异宝。

可莹也不生气，笑吟吟地道：“我不是巴结她们，我是试探她们。”

“青儿不知道是什么意思，还请公主明示。”

“人只有在低谷，才能看清周围人的真面目。”可莹眯了眯眼睛，“我就是想知道，谁真，谁假！”

青儿茫然地摇头：“可是公主，你就算试探出来了，又能怎样呢？”

“我自有打算。”

青儿无奈，只好低下头不再说话，推着可莹慢慢地往宫苑的方向走去。

夕阳西下，一缕微弱的余晖散落在可莹的鬓发上，泛出一圈黯淡的光晕，显得那样孤寂。

四

可莹没有食言，在蹴鞠大赛的那一天，她如约而至。

皇帝为了照顾可莹，特意要可莹坐到自己身边。但是可莹婉拒了，温声对皇帝道："父皇，儿臣还是按辈分坐到妃嫔们之后吧，不然要引起闲话的。"

"可莹，你很是懂事，只是朕担心……"皇帝看了看妃嫔们的坐席。坐席上，妃嫔们盛装出席，满面春风，并没有人去主动搭理可莹。

可莹毫不在意地道："无妨，父皇，儿臣不能在自己宫中躲一辈子啊。"

皇帝犹豫了一下，还是同意可莹坐到妃嫔席位的后面去了。青儿和另外一名宫女将可莹从轮车上抱了下来，小心地放到一张桌案的后面。

桌案上摆着葡萄和糕点，可莹一边慢慢吃着，一边等着李轻羽和吐蕃王子出现。据说吐蕃王子这段时间苦练蹴鞠，扬言要在大赛中赢了大唐，不仅如此，他还向皇帝提出，如果他赢了，皇帝必须无条件答应他一个要求。

来朝见大唐的使者很多，但都没有一个像吐蕃王子这样，敢用一场蹴鞠大赛的输赢来要挟皇帝的。所以今日的大赛的输赢，关乎大唐声威。

就在这时，青儿忽然被人喊出席位，片刻后才匆匆回来。她将一张字条递给可莹："公主，吐蕃王子的侍从送来了这个。"

可莹展开那张字条，只见上面写着一行歪歪扭扭的字："金城公主，你在大唐也混不下去了。不用担心，我赢了之后就会向皇帝要求，让你去吐蕃！"

天啊……

可莹捏了捏眉心。这个吐蕃王子，事先没有和她商量过啊！

"我跟你说，那个吐蕃王子还真的可能赢呢！"坐在可莹前面的丽妃忽然对身旁的德妃道。

德妃皱了皱眉："不可能吧，我大唐皇子的马术很精湛呢。"

"并非如此。"丽妃叹道，"那个吐蕃王子加入了二皇子的马队，二皇子赢了，吐蕃王子也跟着赢了。"

可莹闻言，大吃一惊："当真？"

"自然是真的。"丽妃伸出水葱般的手指，往马场中间一指，"你看。"

果然，一队队的马队列队而出，吐蕃王子骑着一匹高头大马，跟在二皇子的后面。李轻羽面色肃冷，率领着马队走出。

可莹顿时握紧了拳头。这个吐蕃王子，就是奸诈！

他很清楚，自己的蹴鞠技术很差，肯定比不过唐朝的马队，就故意加入了二皇子的马队。二皇子和李轻羽素来不和睦，所以在马场上，二皇子一定会拼尽全力和李轻羽决战！

淑妃看出可莹很是担心，笑一笑说：“可莹，别怕，我觉得八皇子很英武，一定没问题的。”

可莹谢过淑妃，心里却还是惴惴不安。

“哎，咱们来赌一赌谁能赢吧？我赌二皇子一定赢，一片金叶子！”环妃忽然提议道。

丽妃笑了笑：“我也押二皇子赢，他的马术可是大唐一绝。”

“我也押二皇子。”

妃嫔们纷纷拿出一片金叶子，交给了环妃。可莹皱了皱眉头，道：“我也下注。”

环妃回头看了可莹一眼，轻蔑地道：“金城公主，你要押八皇子赢，我们才让你下注。”

淑妃抢在可莹前头，说：“环妃，你这就不对了。下注押谁赢，本来就是自由的，为什么要限定可莹呢？”

“淑妃娘娘，我本来就想押八皇兄赢的。”可莹不急不慢地拿出一片金叶子，交给了环妃。

环妃得意地接过来，流露出的眼神仿佛在说，你输定了。

很快，蹴鞠比赛开始了。

其实大家心里都明白，如果这次李轻羽赢了，那么大唐第一马术的桂冠就要易主了。所以二皇子拼尽了全力，和李轻羽之间的决斗十分激烈。

在这种情况下，吐蕃王子居然也进了一个球。他兴奋地举起双臂，在场上高呼。

“你看看，二皇子很快就赢了。”环妃幸灾乐祸地看向可莹。

可莹没说话，只是在心里默默地分析着形势。蹴鞠大赛进行到最后，双方都有些疲累了。尤其是吐蕃王子，他受了伤，已经被替换下去了。但如果二皇子赢了的话，也算吐蕃王子赢。

汗水已经浸透了李轻羽的后背。那个英姿勃勃的少年，面对二皇子和吐蕃王子这样的强敌，只落后一球，其实已经很不容易了。

可莹想了想，从桌案后面站了起来，往看台边缘走去。

“公主，你去哪里……啊！”青儿惊呼出声，“公主，你能站起来啦？”

妃嫔们睁大了眼睛，震惊无比。德妃张大嘴巴，环妃一口酒喷了出来，而丽妃吓得捂住心口：“金城公主……站起来了！”

淑妃惊得几乎拿不住手里的纨扇，等到回神后，才上前抱住可莹：“可莹，你能站起来了！”

皇帝也震惊极了，从龙座上站了起来，一句话也没说，只是呆呆地望着可莹纤细的身影。

可莹轻声对淑妃说了声“谢谢”，然后慢慢走到看台边缘，笑容清淡。

清风拂起她的罗裙，衬托得她恍若瑶池仙子。她就那样淡淡地看着马场，看着仍然在奋战的李轻羽，目光温柔。

李轻羽这样拼命，一定是因为知道了吐蕃王子的计划，不想让她离开大唐去吐蕃吧!

吐蕃王子原本在马场边缘休息，在看到可莹之后，猛然跳了起来。旁边的侍卫赶紧按住他：“王子，你的脚刚刚受了伤，不能站啊！”

与此同时，李轻羽抬头，也看到了站在看台上的可莹。他的眼神瞬间亮了起来，满脸的疲惫也一扫而空。

“你站起来了！”李轻羽激动得大喊，“可莹，你站起来了！”

可莹笑着点头，然后落下两行清泪。在这个世界上，最关心她的人其实一直都是李轻羽。

从这一刻开始，形势急转。李轻羽浑身充满了力气，他变得无比奋勇，很快就进了两个球。

一通锣响，蹴鞠大赛落下帷幕，大唐赢了！

因为可莹站了起来，皇帝一高兴，加倍地封赏了李轻羽。妃嫔们下注输掉了，满脸不高兴地将金叶子都递给了可莹。

可莹照单全收，并且很有礼貌地道谢："谢各位娘娘，听闻大唐最近军资匮乏，我打算将这些金叶子都捐到军中。"

皇帝听了，哈哈大笑："金城公主果然胸怀天下，是我大唐之幸！"

淑妃也赞许地直点头。

德妃、丽妃等人的脸色更加难看了。可莹可是拿她们的钱去捐军资的，最后被皇帝嘉奖的人却只有她一个！

不服，本宫不服！

妃嫔们在心里呐喊着，可是也仅限于腹诽，表面上她们还是强颜欢笑地恭喜可莹："金城公主心地这样善良，一心为家为国，上天一定被感动了，才让公主重新站了起来。"

可莹想起过去的几日，她们一个个对自己冷嘲热讽，背后议论自己是残疾公主，现在不得不来恭喜她，就觉得十分解气。

吐蕃王子一瘸一拐地走到可莹面前，语气十分遗憾："金城公主，不能带你去吐蕃了，好可惜。"

可莹笑着摇头："如果有一天去吐蕃，那必定是我想去，而不是我要逃去吐蕃。"

吐蕃王子被她的话触动了，脸顿时红了。

"不过，我有一句真心话，必须要说给你听。金城公主，只要你能站起来，我宁愿自己输掉一百次。"吐蕃王子的语气很是真诚。

"谢谢你。"可莹说。

远处，李轻羽飞奔了过来。他一脸惊喜地问可莹："可莹，你怎么突然站起来了？"

可莹赶紧竖起一根手指，做了个噤声的手势："小声点儿——我跟你说，其实我早就能站起来了，每天晚上我都在偷偷练习走路……”

“为什么！”李轻羽由喜转怒，“你知不知道，这些日子为了你，我整晚都睡不着，就是想着怎么让你振作！”

吐蕃王子也差点儿跳了起来：“对啊！可莹，为了你我这阵子整天唉声叹气，四处寻医。”

可莹赶紧解释：“因为，我想试探出谁对我真心，谁对我假意。”

李轻羽愕然，吐蕃王子沉默了。

“皇兄，现在你也清楚哪些人落井下石，哪些人心口如一了吧？”可莹望向李轻羽，“也为了让你能够看清楚这后宫波澜，我愿意被她们嘲弄。”

李轻羽眼中有泪光闪现。

阳光还是那样明媚，可是阳光下总有阴影。就如同人心，复杂得你不得不防备。当你站在低谷，有人对你置之不理，有人向你扔来救命的绳索，有人向你丢来石头。只有这时，你才知道谁是友，谁是敌。

“好，我明白你的苦心了。”吐蕃王子长叹一声，望向天边浮云，“我出使大唐已经够久了，很快就要回到吐蕃去。只是李可莹，你要记住，我不会放弃的。总有一天，我还会回到大唐，与你相会。”

“可莹，你不如——”李轻羽压低了声音，“虽然皇后和被打入冷宫没有区别，可我还是担心皇后会反扑，你不如去吐蕃吧。”

“是啊，虽然你不愿意，可这也是一个选择。”吐蕃王子劝道。

可莹轻轻摇了摇头。

“皇兄，吐蕃王子，谢谢你们，但我已经不怕了。”她说。

因为有亲人在身边，她现在没有丝毫惧怕之意。

巍巍宫墙如海浪般此起彼伏。远处，天高云淡，几缕浮云点缀在天边。可莹望向天边，胸中浮起一股壮阔意气。

她的神思渐渐地飘向远方，飘向未知的地方。

逃走，这是懦夫的做法，不是她李可莹会做的。她会继续生活在这后宫里，做一名大唐公主！

番外 玲珑骰子安红豆

【壹】惊鸿

雪下得很大，寒风如刀。

寒冬腊月里，皇宫里的人们纷纷裹上厚厚的棉服。

李显站在廊檐下，凝眸望向铅灰色的天空，心情有些沉重。

“皇上，皇太后传来口谕，召皇上进见。”宫人小心翼翼地对李显说。

李显冷哼一声：“稍等。”

“可是，看皇太后的模样，像是有急事。”

“这天下已是武氏一族的，朕不过是一个傀儡，有什么急事她做决定就是了！”李显的眸光更加冷锐。

宫人吓得忙跪在地上：“皇上，祸从口出，不可乱说啊。”

李显更加生气。

他虽然登基为帝，但朝政一直把持在母后手里。母后姓武，在朝堂上对武家人也多有重用，全然不顾他的意见。他早就心生不满了。

“不必多说！朕什么时候自在，什么时候再去见她！”李显斩钉截铁地道。然而就在这时，风中突然传来清越的铃铛声：“丁零，丁零——”

李显循声望去，只见空旷的宫道上行来一列装饰豪华的车队。行在最中间的那辆马车，车壁锦绣，四角缀铃，刚才的铃声就是从那里传出来的。

蓦然，一只白皙如玉的手将车帘掀起。那手极美，美到让人不由得浮想联翩，手的主人必定是一个绝色美人。

“那是谁？”李显的目光被吸引了过去。

宫人回答：“是从回纥来的使臣，听说是送回纥公主来议和的。”

话音刚落，李显就听到那辆马车里传出了清妙动听的歌声。他听不懂歌词，但神思已被带上了云霄。

“走，去见母后。”李显鬼使神差地说出这么一句。说完，他不由自主地想，母后把持朝政，所以回纥的使臣肯定会先拜见母后。

李显匆匆地走着，他也说不清楚自己这样着急，是怕母后怪罪，还是想要早些见到那个神秘的美人。

【贰】神离

李显终于见到了唱歌的女子。

她大概只有十四五岁，坐在皇太后身旁，已经换上了唐朝宫装，敞领里露出一截白玉般的脖颈，那样赏心悦目。

说是回纥人，她却丝毫没有北方儿女的泼辣和坦率，只是温顺地低着头，任由皇太后将她的手轻轻牵起。

皇太后温然地对李显道："皇儿，这是回纥来的阿文丽公主，前来和亲的。你就给他一个封号吧。"

李显的心突突地跳了起来，想了想，说："《月赋》里有'柔祇雪凝，圆灵水镜'一句。朕看公主衬得这两句，就封为柔昭仪吧！"

"昭仪？"皇太后脸色一僵，"哀家并无异议，只是初来乍到就封这样高的位分，恐怕会惹人闲话。"

"无妨，朕是天子，不想委屈了公主。"李显丝毫没有在意。他全部的注意力都在阿文丽公主身上。柔，这是他赐她的名字，这让他觉得十分满足。

柔昭仪慢慢抬起头来，淡淡道："谢过皇上。"

她这一抬头，李显只觉得眼前艳光四射，顿时呆住。柔昭仪果然极美，眉飞入鬓，双眸灵秀，鼻梁秀挺，檀香小口，令人见之忘俗。

那天，李显几乎不知道是怎么回到御书房的。他只觉得身边有这样一位佳人跟着，整个人像走在云端。

"真想不到，你竟是西域那边的女子。"李显回到宫室之后，看着柔昭仪赞叹着说，"听说那边风沙很大，女子们都皮肤粗糙，不会像你这样皮肤细腻，手如柔荑。"

他将她的手握住，感觉像是握住了一块美玉。冷冷的，润润的。

自那廊檐下的惊鸿一瞥，李显再也忘不掉那只掀起车帘的玉手，以及那动听的歌声。

柔昭仪面无表情地道："回皇上，臣妾并非回纥人，不过是回纥首领收养的中原女子！"

李显顿时怔住了。

她不是真正的回纥公主？那阿文丽这个回纥名字，也是假的？

“那你本名叫什么？”

“不记得。关于幼年的事，臣妾都忘了，不过听人说，是逃荒的流民。所以臣妾不像回纥人呢！”说着这样残酷的往事，柔昭仪反而笑了起来。

李显只觉得胸口闷闷的：“你为什么要告诉朕这些？”

“那是因为，臣妾只想让皇上厌弃臣妾。”柔昭仪跪在地上，“臣妾出身很低，配不上皇上。”

李显目瞪口呆。他终于明白，柔昭仪并不爱自己，因为她代表着回纥，所以有恃无恐，不怕招来杀身之祸。

“为什么？”李显将她一把拉起，“我是大唐的皇帝，我能带给你荣华富贵，你还有什么不满足的？”

柔昭仪只垂下眼眸，不言不语。

那双灵秀的眼睛里，盛满了冷漠和疏离。李显终于颓丧下来，松开柔昭仪的手，提步离开了。

暮色四合，廊檐下亮起了一盏盏灯笼。李显走在晕红的灯光下，忽然顿住脚步。

他的心，一抽一抽地痛了起来。

【叁】红豆

李显病了。

他一连几日都食欲不振，闷在宫里足不出户，在棋盘上摆弄棋子，自己和自己对弈。无论韦皇后费多少口舌，李显都是恹恹的。

柔昭仪在他脑海里萦绕不去。他总是会想起她，那个柔软似江南春水，冰冷似春寒料峭的女子。

恨只恨，他只是个傀儡皇帝，并没有真正把握这锦绣江山的权力。若他李显是那种血气方刚的英雄帝王，柔昭仪一定不会是如今这种态度。

“皇后，朕想独自静一静。”李显在窗前负手而立，淡淡地说。

韦皇后无奈地劝说：“皇上心里有什么不自在的，可以和臣妾说……”

“不自在的事情多了，说了也没用。”

“皇上……”

“你下去吧。”李显把玩着手里的一枚黑子，心不在焉。

韦皇后只好往门口走去，走了两步，忽然转身说：“皇上不会是为了柔昭仪烦心吧？”

李显回头看她，蹙起眉头。

“如果臣妾没有猜错，午膳之后，柔昭仪就会来见皇上了。”韦皇后自信一笑。

李显心头一沉，韦皇后向来善妒，难道……

“你做了什么？柔昭仪怎么会主动来看朕？”

韦皇后面上露出一抹狠厉的笑容：“因为她的心上人，快要问斩！皇上，只有你能救下那个人了。”

“啪嗒”一声。

李显手中的棋子落在地上。

“柔昭仪心思不在皇上这里，明眼人都知道。臣妾为皇上感到不值！皇上为伊消得人憔悴，柔昭仪却另有心思！”韦皇后犹豫一番，还是出口道，“皇上，柔昭仪不能留了。”

李显愣在原地。

韦皇后没有再说，悄悄地退了出去。李显这才恍然回神，让人喊来贴身的宫人："把奏折都搬过来给我看。"

翻遍奏折，李显果然看到其中一折上写着，赵尚书贪腐案东窗事发，所牵涉的官员有百分之八十都要问斩，皇太后已经批示同意了。

问斩的人足足有二三十人，李显不知道，究竟哪个是柔昭仪在意的人。

是了，柔昭仪本是中原人，流落到回纥去。那她的心上人，就是幼年的时候认识的。这么说，他们还是青梅竹马？

李显攥紧了拳头。

一个时辰后，柔昭仪果然来了。

她提着一盒子红豆糕，施施然来了宫里。李显打量着她，发现她除了眼眶发红，其他并没有什么不妥。

眼眶发红，估计是哭的。

"你怎么来了？不是说好了，要朕厌弃你的吗？"李显一想到她是为了情郎而来，就忍不住生气。

柔昭仪低眉顺眼地说："我，我做了红豆糕。"

她将食盒打开，一盘色香味俱全的红豆糕映入了李显的眼帘。李显忽然忍不住心软了。

"放下糕点，你就回去吧。"李显重新拿起书卷。

"皇上不吃一块吗？"柔昭仪用银箸夹起一块，送到了李显嘴边。李显正要吃忽然就看到她手腕上的相思豆手串。

"这手串，是他送你的吧？"李显淡淡地问。

柔昭仪顿时惊慌失措，忙跪下："皇上恕罪！"她泪盈于睫，干脆将心里话一股脑说了出来，"皇上，司郎是我的发小，求皇上饶他一命。以后臣妾定会尽心尽力服侍皇上。"

李显在奏折里看到有位司姓少年。不过是一个文林郎的小官，却赢得了他最钟爱的女子的心。

“皇上……”柔昭仪还在哀求。她的眼睛里蓄满了泪水，像一汪碧泉。

李显猛然就生出了报复的心思。他摇头说：“朕救不了他。”

“您是皇帝，有生杀予夺的权力，怎么就救不了他呢？”柔昭仪声音颤抖，“司郎生性胆小，必定是遭人陷害……”

“你怎么知道他生性胆小？”李显反问，“你们都十年未见了，人都是会变的，懂吗？”

柔昭仪不再说话了，低下头，像他初见她的时候。

李显笑了起来，伸手牵过她的手，抚摸着上面的相思豆手串：“既然红豆寄相思，那朕就成全你们——让你们天人永隔，永远相思。”

柔昭仪终于落了泪，却也是无奈。

【肆】竹笛

赵尚书的案子很快就结了，二三十个官员人头落地，包括那个司姓少年。不知道是谁把消息带给了柔昭仪，惹得柔昭仪病了整整十天。

病好之后，柔昭仪的嗓子就沙哑了，再也不能唱歌了。不过，她找了一支笛子，常常吹起刚入宫时唱的那首歌，笛音凄凉靡丽，在夜里婉转。

李显坐在御书房里看奏折，常常听得入迷。

只是有一天晚上，那笛声忽然不再传来。李显心里很是烦躁，连带着手底下的奏折也看得没劲透顶。

她怎么了？

她为什么没吹笛子？

难道，她又病了？

李显满心都是柔昭仪，坐立不安。一旁的韦皇后看出了他的心思，实在无法压抑心中的不满："皇上，那个柔昭仪真是胆大包天，心里挂念着别人不说，还叨扰圣上！"韦皇后看李显脸色不对劲，"她是回纥公主又怎样？让皇上不痛快，还不如宫里没有这个人！"

李显立即回神："你什么意思？"

"臣妾知道，皇上顾忌她是回纥人才不好下手。但臣妾有妙计，可以让柔昭仪消失得神不知鬼不觉……"

"大胆！"李显勃然大怒，猛然推翻了桌案，"皇后，你好大的胆子！竟敢谋害妃嫔！"

韦皇后目瞪口呆："皇上，臣妾只是想为你解忧。"

她早就听说，李显没有救柔昭仪最爱的人，所以她一直以为，李显不爱柔昭仪了。

"你别动柔昭仪，就是为我解忧！"李显扔下一句话，便提步往外走去。他凭着一股怒气，在宫里胡乱逛着。等到他回神，才发现自己不知何时，已经走到了柔昭仪所居住的宫苑门口。

李显愣了愣，提步走了进去。

因为柔昭仪不受宠爱，所以宫人们也懒散。无人守宫，也无人通传。李显悄然进去，只见柔昭仪站在一棵桃花树下，正呆呆地看着手里的笛子。

那笛子断成了两截，难怪她今夜没有吹笛。

“谁弄断的？”李显冷不丁地问。

柔昭仪猛然抬头，忙跪下说：“臣妾不知皇上驾到，有失远迎，请皇上恕罪。”

“你平身吧，朕只是想知道，到底谁弄断了你的笛子？”李显追问。柔昭仪嗫嚅了几句，终究什么也没有说。

其实，她不说，他也知道。肯定是善妒的韦皇后派人弄断的。

“断了就断了，朕再给你弄一支笛子好了。”李显看到旁边有一片竹林，挑了一根粗细适当的凤尾竹，从腰里掏出佩刀就砍了起来。

柔昭仪脸上泛起两抹红晕：“皇上，臣妾怎么好劳您大驾？”

“不碍事，朕从小到大最喜欢做笛子。”李显心情好了很多，利索地砍下一节竹子，开始用佩刀削了起来。

他絮絮地说起了往事：“朕小时候啊，处处都要仰仗母后，不敢有一点儿反抗。烦闷的时候，就做竹笛玩。一回生，二回熟，朕不算个好皇帝，但朕是做笛子的好手！”

柔昭仪愕然：“皇上怎么不算好皇帝呢？在臣妾眼里，温良恭谦，就是很好的人。”

“做皇帝需要狠手腕，杀伐果断，才能治理天下。朕不算。”李显削出一根竹笛，开始挖音孔。

不多时，一支竹笛就已经做好。李显掰下一片绿叶，小心地剥出一层膜，然后贴上去当笛膜，才说：“好了。”

“谢皇上。”柔昭仪神色复杂。

“别急着谢，朕还要吹一下试试，看看笛子有没有问题。”李显将笛子放在唇边，小心地吹了出来，笛子却没有发出声音。

李显摇头：“哎呀，朕失手了。”

“啊？”柔昭仪立即满脸失望。

李显却飞快地刮了她的鼻梁一下：“朕骗你的。朕不可能失手，不信你听。”

他再次将笛子放在唇边，稍稍运气，一串动听的笛声顿时传了出来。

柔昭仪“扑哧”一笑，却在听到笛声后神情讶然，微微瞪大了美眸。一曲听完，她忍不住说：“皇上，你吹的韵律，就是我刚进宫时唱的那首歌。”

“是，原曲太过悲伤，所以朕改了一些，听上去欢快一些。”李显将笛子递给她，“放心吧，朕亲手做的笛子，皇后不敢折断，否则就是对朕大不敬。朕虽然是个挂名皇帝，但是这点儿威信还是有的。”

柔昭仪接过笛子，眸光里闪现出一丝感动。

“皇上，别说您是挂名皇帝。在臣妾心里，您大权在握，普天之下都在您的掌控中。”

李显心念一动，想说什么，却欲言又止。他静静地凝视着柔昭仪，目光仔细地扫描过她的眉眼、口唇……最后却什么也没有做。

“很晚了，爱妃歇息吧，朕还有奏折要看。”李显转身就走，脸颊上一片火辣辣的。

走出宫苑，李显才长叹一口气。

其实，他并没有什么奏折要看，大部分政务都在皇太后那里。他只是第一次喊她爱妃，有些羞涩罢了。

然而就在这时，李显听到身后又响起了笛声。

这一次，笛声欢快而深情。

李显回头，看着柔昭仪站在身后，慢慢地放下笛子。

“皇上，臣妾有个谱子，不知道吹得对不对。”她轻声说，“要不皇上晚走两步，帮臣妾品鉴品鉴？”

李显惊喜连连，不知道说了多少句“好”。

那一晚，她吹笛，他静静聆听。

笛声入了梦，入了心。

【伍】宫变

很多时候，李显都在想，如果能熬过那个冬天，也许一切都不一样了。

这段时间里，他暗中筹谋，想要架空皇太后的权力，然后发动一场逼宫，逼迫皇太后交出朝政大权。

再给他多一点儿的时间，柔昭仪也会忘记那个司姓少年，爱上他吧？

可是，皇太后先行一步，突然发动了政变，将李显废黜为庐陵王，然后登基，废唐改周，自封为帝，建立了武周王朝。

她将李显软禁在宫中，寸步不能走出宫苑。

李显望着阴沉的天空，心里彻底凉了。

李显慢慢地抽出佩刀，将刀尖抵在胸口。他心里很清楚，以母后武曌的为人，必定会杀掉他这个废帝。

“皇上，不要！留得一条命在，就能东山再起！”韦皇后哭倒在他脚边，苦苦哀求着。李显摇了摇头：“与其让母后动手，还不如我自己死！”

“你倒是很聪明。”一个凌厉的声音从身后响起。

李显回头，看到皇太后，不，武帝带着一队宫人快步走进宫中。她凤眸中闪着决绝狠厉的光芒，看来是不达目的决不罢休。

“您这是亲自送我上路？”李显嘲讽一笑。

“皇儿，莫怪母后狠心，前朝没有留着废帝的先例！”武帝咬着牙说出一句话。李显认命地点了点头，他早已料到了。

然而就在这时，宫苑里忽然闯入一个人影，正是柔昭仪。她头发散乱，疯了一般地扑上去，抢过了李显的佩刀，然后抵在自己脖子上。

李显被这突变惊呆了：“柔昭仪，你快把刀子放下！”

“不放！”柔昭仪举刀看向武曌，“武帝，臣妾是来和亲的回纥公主，如果我死了，回纥必然会寻机攻打中原！”

武帝眯了眯眼睛：“柔昭仪，你威胁我？但我根本就不怕什么回纥！我大周朝国力鼎盛，兵肥马壮！”

“可是您刚刚登基，龙座尚未稳固！”柔昭仪斩钉截铁地说，“眼下群臣都尚未归心，如果再迎来战事，您恐怕要焦头烂额的！”

武帝顿了顿：“你要什么？我可以给你荣华富贵，无上尊荣……”

“臣妾只要李显活！”柔昭仪大喊。

李显怔住，痴痴地看着柔昭仪。

“他死，我绝不独活，到时候就是一尸两命！”柔昭仪跪在地上，泪落成行，“求您了……”

李显听到“一尸两命”，猛然睁大眼睛，其他人也倒抽一口冷气。

孩子，居然在这个时候到来了！

武帝闭上眼睛，点了点头：“好，看在皇孙的分儿上，我不杀他。但要将他贬出京城！回纥公主，你作为人质，要留在这里。”

柔昭仪这才放下佩刀：“谢武帝。”

李显一把将佩刀夺了过去，浑身颤抖：“柔昭仪，为什么？”

他想问，她这样为了他连命都不要，是不是爱上了他？是不是早已情深？

柔昭仪只微微含笑，轻声说：“你用这把佩刀为我削过一支笛子。我不想让这把刀沾上你的血。仅此而已。”

仅此而已，四个字，击碎了李显所有的热情。

李显终于明白了什么。他以前时不时地想，如果再给他多一点儿时间，柔昭仪会不会爱上他？现在他明白，不会。

柔昭仪爱着的，永远都是那个司姓少年。所以就算他李显有一世的时间，都无法感动她。

思及此，李显苦笑着，凑到柔昭仪的耳边：“我离开后，你就另嫁吧。”

“臣妾无人可嫁。”柔昭仪垂下眼睫。

“有人。”李显说，“你爱的那个人，我救下了。”

他还是心软，还是仁慈，不忍心真的拒绝她。

所以就算和武帝对抗，他也想尽办法，将那个司姓少年从刑场上偷偷救了下来。

只是，为了她。

【陆】佩刀

李显坐在一辆马车上，带着韦皇后，仓皇地出了京城。

他想，这估计是最后一面了。

最后一次见到柔昭仪，最后一次见到这京城。

武帝毕竟是李显的亲生母亲，并没有真正苛待他，还是给了他很多能工巧匠，随他一起去往均州。

“皇上，别太伤心了，这京城我们还会回来的。”马车里，韦皇后凄声说。

“别喊我皇上，喊王爷。”李显苦笑。

韦皇后便不敢说话了。

李显想，武帝确实给了他不少宝物，却把最珍贵的给扣下了。他宁愿不要这些金银财宝，不要这些能工巧匠，只想要……柔昭仪。

即便是到了均州，李显也没能忘记她。

午夜梦回，他常常想起那个洁净如白玉的女子。一颦一笑，都是他喜欢的模样。

日日夜夜，她有按时用膳吗？春寒时节，她有没有晚一些换上春装？他和她的孩子，该出生了吧？

李显终日想着这些事情，失魂落魄。后来，李显知道他不该太过思念柔昭仪了，因为韦皇后的目光里渐渐充满了失望。他决定克制自己的内心，忘记心中所爱。

转眼，大半年过去了，李显渐渐习惯了均州的生活。他变得没有目标，没有自信，甚至从来不敢去想一想未来。

直到有一天，侍卫将一把刀呈给李显。

“王爷，这是您的佩刀，已经很久没用了，需要属下给您擦拭修整吗？”

李显适才记起，他从被囚禁之日起，就没有再用过佩刀。一个失势的皇帝，是不会招来刺客的，也没有机会用到佩刀。

不过，这佩刀曾经和她有关。

李显心念一动："把刀袋拿来，我要亲自擦拭。"

"是。"

侍卫将刀袋递给李显。李显打开刀袋，拿出那柄佩刀，露出苦涩一笑。

他曾经用这把刀，为她削过笛子呢。

李显想把佩刀放回袋子里，却发现袋子里不知何时多了一个硬物。他掏出一看，赫然发现那居然是柔昭仪手上戴着的相思豆手串。

李显呆住了，忽然眼眶一热，流下了两行热泪。

那是她的相思豆，她居然偷偷地放到了他的刀袋里。柔昭仪……她究竟想对他说些什么呢?

难道，她想说，她也在思念着他?

李显顿时觉得浑身都热起来。他已经很久没有这样激动了。

那天的惊鸿一瞥，几乎用尽了他一生的情爱。哪怕他如今已经不是帝王，只要有她的真心，他也觉得自己是天底下最幸运的男人。

情不知所起，一往而深。

【柒】情殇

李显不再像以前那样颓废，他开始筹谋如何重回帝都，重新见到柔昭仪。还有，他一定要把自己和柔昭仪的孩子抱在怀里，给他世间最荣耀的宠爱。

又过了几年，宗室琅琊王、越王开始相继起兵，他们都打着反对武曌、匡复庐陵王的旗号。李显渐渐有了信心，只要有人支持，一切就都有希望。

他暗中招兵买马，训练军队，并暗中联系朝中重臣为自己进言。终于有一日，宫人来到房州，带来一道密旨——请李显一家立即回宫。

“恭喜王爷，贺喜王爷。”韦皇后向他行礼，“臣妾的父亲一直在打听着消息，听说武帝这次打算立王爷为皇太子。”

李显笑了。皇太子的下一步，就是皇帝！

过去了十几年，李显终于回到了洛阳。他快马加鞭，日夜兼程。他自己都不知道这样着急，是想收回失去的荣耀，还是想要早点儿见到柔昭仪。

就像多年前的那个傍晚，他见到了马车里伸出的一只白玉般的手。他自己都不知道，是为什么着了魔。

“王爷恕罪，臣妾有一事，不知当不当说。”李显刚入宫见过武帝，韦皇后就满脸慌张地走进来。

“何事？”李显霍然起身。难道十几年里，柔昭仪发生了不测？

韦皇后为难地说：“这件事是武帝瞒下的……臣妾也是这两天才知道。柔昭仪，十几年前生下了一个妖孽。”

李显手中的茶杯铿然落地，摔成了碎片。

他猛然想起了什么似的，往外走去：“我要亲自问一问柔昭仪！”

一定是有人陷害！

他生在皇宫，长在皇宫，什么样的手段没有见过？这其中必有蹊跷！

“请王爷三思！这是莫大的丑事，要是传到有心人的耳朵里，拿这件事诋毁王爷，恐怕皇位会旁落！”韦皇后在他身后跪下，“武帝很快就会封王爷为皇太子，王爷可千万不要在这个时候闹出事情来！”

李显像大梦初醒一般，止步不前。

是啊，已经过了十几年，就算问了个清楚明白，又能怎样呢？

皇位的继承者，必然要是吉祥吉利的天命之人。如果被人知道自己有过一个妖孽孩子，那……

“王爷，臣妾会安顿好柔昭仪的。”韦皇后跪行到李显脚边，“这段时间，宁宝林对王爷可谓尽心尽力，宁府也有要助王爷一臂之力的意向！王爷何不怜取眼前人呢？”

李显苦笑：“眼前人？可是我在意的人从来都不在跟前，要我如何怜取，怎样怜取？”

生在皇家，他在意的东西一次次被打碎，一次次被夺走……

李显颓然回身，仿佛瞬间老了几岁。他疲惫地挥了挥手：“你去安顿下柔昭仪吧，不要亏待她……”

“是。”韦皇后眼中哀绝，欲言又止，犹豫了一下才退了下去。李显将手伸进袖管里，轻轻掏出那条相思豆手串。

十几年过去，相思豆依旧艳红如血。

他正想将手串塞回袖管，手串却在此时断了线，骨碌碌滚了一地。映着外面的纷飞大雪，一地红豆格外刺眼。

宫人听到动静，匆匆走进来：“王爷，奴婢帮您将手串重新穿好吧。”

“不用。”李显制止，“丢了吧。”

宫人一头雾水地看着李显：“可是这手串，王爷珍藏了十几年啊……”

李显微微一笑，眼角湿润。

“十几年又如何？有缘无分，终究是折磨。”他轻轻地说，“原本就是我，不配相思。”

是他对不住她。

是他配不上她。

那一年的初见，那一夜的笛声入心，终究还是败给了这巍巍宫墙。

情若有殇，终究还是孽缘。

——本季完——